# DIE DAME IM SPIEGEL

Virginia Woolf

# DIE DAME
# IM SPIEGEL

ERZÄHLUNGEN

Deutsch von Brigitte Walitzek,
Claudia Wenner, Dieter E. Zimmer

Fischer Taschenbuch Verlag

Limitierte Sonderausgabe
Veröffentlicht im Fischer Taschenbuch Verlag GmbH,
Frankfurt am Main, Januar 2001

Die Texte wurden dem 1989 erschienenen
Band ›Das Mal an der Wand. Gesammelte Kurzprosa‹
entnommen.
(Die englische Ausgabe erschien 1985,
erweitert und überarbeitet 1989,
unter dem Titel ›The Complete Shorter Prose‹,
herausgegeben von Susan Dick,
im Verlag The Hogarth Press, London.)
© Quentin Bell und Angelica Garnett 1944
Lizenzausgabe mit Genehmigung des
S. Fischer Verlags GmbH, Frankfurt am Main
Für die deutsche Ausgabe:
© S. Fischer Verlag GmbH, Frankfurt am Main 1989
Umschlaggestaltung: Barbara Hanke
und Cordula Schmidt
Foto: Photonica
Gesamtherstellung: Clausen & Bosse, Leck
Printed in Germany
ISBN 3-596-50428-7

# INHALT

# IM OBSTGARTEN

**M**iranda schlief im Obstgarten, im Liege-stuhl unter dem Apfelbaum. Ihr Buch war ins Gras gefallen, und ihr Finger schien immer noch auf den Satz zu deuten: »Ce pays est vraiment un des coins du monde où le rire des filles éclate le mieux –«, als sei sie genau da eingeschlafen. Die Opale an ihrem Finger glühten grün, glühten rosig, und glühten wieder orange, als die Sonne, die durch die Apfelbäume sickerte, sie füllte. Dann, als die Brise kam, kräuselte ihr purpurfarbenes Kleid sich wie eine Blume an einem Stengel; die Gräser nick-ten; und der weiße Schmetterling wehte dicht über ihrem Gesicht hierhin und dorthin.

Vier Fuß höher, in der Luft über ihrem Kopf, hin-gen die Äpfel. Plötzlich gab es ein schrilles Getöse, als seien es Gongs aus gesprungenem Messing, die geschlagen wurden, wild, wirr und brutal. Es waren nur die Schulkinder, die einstimmig das Einmaleins aufsagten, von der Lehrerin unterbrochen wurden, ausgeschimpft, und wieder von vorn anfingen, das Einmaleins aufzusagen. Aber dieses Getöse zog vier Fuß über Mirandas Kopf vorbei, ging durch die

Zweige des Apfelbaums hindurch, prallte gegen den kleinen Jungen des Kuhhirten, der in der Hecke Brombeeren pflückte, statt in der Schule zu sitzen, und machte, daß er sich den Daumen an den Dornen ritzte.

Als nächstes kam ein einzelner Schrei – traurig, menschlich, brutal. Der alte Parsley war, wahrhaftig, sinnlos betrunken.

Dann ertönten die alleröbersten Blätter des Apfelbaums, platt wie kleine Fische vor dem Blau, dreißig Fuß über der Erde, mit einem nachdenklichen und kummervollen Klang. Es war die Orgel in der Kirche, die ein Lied aus »Alte und Neue Choräle« spielte. Der Klang schwebte herbei und wurde von einem Schwarm Wacholderdrosseln, die mit enormer Geschwindigkeit flogen – wohin auch immer – in Atome zerschnitten. Miranda lag schlafend dreißig Fuß darunter.

Dann dröhnten über dem Apfelbaum und dem Birnbaum zweihundert Fuß über Miranda, die schlafend im Obstgarten lag, die Glocken, abgehackt, düster, didaktisch, denn gerade wurde für sechs arme Frauen aus der Gemeinde ein Dankgottesdienst abgehalten und der Pfarrer schickte seine Lobpreisung zum Himmel.

Und darüber drehte sich mit einem durchdringenden Quietschen die goldene Feder des Kirchturms von Süden nach Osten. Der Wind schlug um.

Über allem anderen summte er, über den Wäldern, den Weiden, den Hügeln, Meilen über Miranda, die im Obstgarten lag und schlief. Er fegte weiter, ohne Augen, ohne Verstand, begegnete nichts, was ihm widerstehen konnte, bis er umschwenkte und sich wieder nach Süden wandte. Meilen darunter, auf einem Flecken so groß wie ein Nadelöhr, sprang Miranda auf und rief: »Oh, ich komme zu spät zum Tee!«

Miranda schlief im Obstgarten – oder vielleicht schlief sie nicht, denn ihre Lippen bewegten sich ganz leise, als sagten sie: »Ce pays est vraiment un des coins du monde ... où le rire des filles ... éclate ... éclate ... éclate ...«, und dann lächelte sie und ließ ihren Körper mit all seinem Gewicht auf die gewaltige Erde sinken, die sich hebt, dachte sie, um mich auf ihrem Rücken zu tragen als wäre ich ein Blatt, oder eine Königin (an dieser Stelle sagten die Kinder das Einmaleins auf), oder, fuhr Miranda fort, vielleicht liege ich hoch oben auf einer Klippe und die Möwen schreien über mir. Je höher sie fliegen, dachte sie weiter, als die Lehrerin die Kinder ausschimpfte und Jimmy auf die Knöchel schlug, bis sie bluteten, desto tiefer sehen sie ins Meer hinein – ins Meer hinein, wiederholte sie, und ihre Finger entspannten sich und ihre Lippen schlossen sich sanft als treibe sie auf dem Meer, und dann, als der

Schrei des betrunkenen Mannes über ihr klang, atmete sie mit einer Ekstase sondergleichen ein, denn sie dachte, sie höre das Leben selbst mit rauher Zunge aus scharlachrotem Munde rufen, aus dem Wind, aus den Glocken, aus den gebogenen grünen Blättern der Kohlköpfe.

Natürlich heiratete sie, als die Orgel das Lied aus »Alte und Neue Choräle« spielte, und als die Glokken nach dem Dankgottesdienst für die sechs armen Frauen läuteten, ließ das düstere, abgehackte Dröhnen sie denken, die Erde erbebe unter den Hufen des Pferdes, das auf sie zugaloppierte (»Ah, ich brauche nur zu warten!« seufzte sie), und es schien ihr, als habe alles bereits angefangen, sich wie in einem Muster zu bewegen, zu rufen, zu reiten, zu fliegen, um sie herum, über sie hinweg, auf sie zu.

Mary hackt das Holz, dachte sie; Pearman hütet die Kühe; die Wagen kommen von den Weiden zurück; der Reiter – und sie zeichnete die Linien nach, die die Männer, die Wagen, die Vögel und der Reiter durch die Landschaft zogen bis sie alle vertrieben schienen, weg, rundum und fort, vom Schlag ihres eigenen Herzens.

Meilen höher in der Luft schlug der Wind um; die goldene Feder des Kirchturms quietschte; und Miranda sprang auf und rief: »Oh, ich komme zu spät zum Tee!«

Miranda schlief im Obstgarten, oder schlief sie oder schlief sie nicht? Ihr purpurfarbenes Kleid war ausgebreitet zwischen zwei Apfelbäumen. Es gab vierundzwanzig Apfelbäume im Obstgarten, einige von ihnen leicht geneigt, während andere ganz gerade und eilig den Stamm hinaufstrebten, der sich zu Ästen ausbreitete und sich zu runden roten oder gelben Tropfen formte. Jeder Apfelbaum hatte genügend Platz. Der Himmel paßte den Blättern wie angegossen. Wenn die Brise wehte, neigte die Linie der Äste vor der Mauer sich leicht und kam dann wieder zurück. Eine Bachstelze flog quer von einer Ecke in die andere. Vorsichtig hüpfend näherte sich eine Drossel einem heruntergefallenen Apfel; von der anderen Mauer her flatterte ein Spatz niedrig über das Gras. Das Hinaufstreben der Bäume wurde durch diese Bewegungen nach unten gebunden; das Ganze wurde von den Mauern des Obstgartens zusammengepreßt. Meilen tief war unten die Erde zusammengedrückt; kräuselte sich an der Oberfläche mit wabernder Luft; und in der Ecke des Obstgartens wurde das Blaugrün von einem purpurnen Strich aufgeschlitzt. Als der Wind umschlug, wurde ein Bund Äpfel so hoch geworfen, daß es zwei Kühe auf der Weide auslöschte (»Oh, ich komme zu spät zum Tee!« rief Miranda), und die Äpfel hingen wieder gerade vor der Mauer.

# MRS DALLOWAY
# IN DER BOND STREET

Mrs Dalloway sagte, sie würde die Handschuhe selber kaufen gehen.

Big Ben schlug, als sie auf die Straße hinaustrat. Es war elf Uhr, und die ungewohnte Stunde war so frisch, als würde sie Kindern am Strand zuteil. Doch es lag etwas Feierliches im bedächtigen Ausschwingen der wiederholten Schläge; etwas Bewegendes im Rollen der Räder und im Trappeln der Schritte.

Zweifellos waren sie nicht alle in Sachen des Glücks unterwegs. Viel mehr läßt sich über uns sagen, als daß wir durch die Straßen von Westminster gehen. Auch der Big Ben wäre nichts als rostverzehrte Stahlstäbe, gäbe es nicht die sorgende Pflege des Bauamts Seiner Majestät. Nur für Mrs Dalloway war der Augenblick vollkommen; für Mrs Dalloway war der Juni frisch. Eine glückliche Kindheit – und nicht nur seinen Töchtern war Justin Parry als ein feiner Kerl erschienen (schwach natürlich auf der Richterbank); Blumen am Abend, aufsteigender Rauch; das Krächzen der Saatkrähen, die sich von hoch, hoch oben herabstürzten, tief, tief durch die Oktoberluft – es gibt keinen Ersatz für die Kindheit.

Ein Blatt Minze bringt sie zurück: oder eine Tasse mit einem blauen Ring.

Arme kleine Würmer, seufzte sie und drängte vorwärts. Was, genau den Pferden unter der Nase, du kleiner Teufel! und mit ausgestreckter Hand blieb sie auf dem Bordstein stehen, während Jimmy Dawes von der anderen Seite herübergrinste.

Eine charmante Frau, ausgeglichen, energisch, seltsam weißhaarig für ihre rosa Wangen, so sah sie Scope Purvis, Companion of the Bath, als er in sein Büro eilte. Sie wurde ein wenig steif, während sie wartete, bis der Lieferwagen von Durtnall vorüber war. Big Ben schlug zum zehnten; schlug zum elften Mal. Die bleiernen Kreise lösten sich in der Luft auf. Stolz hielt sie aufrecht, und daß sie Disziplin und Leiden geerbt hatte, weitergab und mit ihnen vertraut war. Wie die Menschen litten, wie sie litten, dachte sie, und sie dachte an Mrs Foxcroft letzten Abend in der Botschaft, die geschmückt gewesen war mit Edelsteinen und sich vor Kummer verzehrte, weil dieser nette Junge tot war und der alte Landsitz (der Lieferwagen von Durtnall fuhr vorbei) jetzt an einen Cousin fallen mußte.

»Ich wünsche einen guten Morgen«, sagte Hugh Whitbread und lüftete vor dem Porzellangeschäft einigermaßen übertrieben den Hut, denn sie hatten sich als Kinder gekannt. »Wohin des Wegs?«

»Ich gehe so gern in London spazieren«, sagte

Mrs Dalloway. »Es ist mir eigentlich lieber als Spaziergänge auf dem Land!«

»Wir sind gerade heraufgekommen«, sagte Hugh Whitbread. »Leider müssen wir Ärzte aufsuchen.«

»Milly?« fragte Mrs Dalloway sofort mitfühlend.

»Unpäßlich«, sagte Hugh Whitbread. »Das sind so Geschichten. Geht's Dick denn gut?«

»Erstklassig!« sagte Clarissa.

Natürlich, dachte sie im Weitergehen, Milly ist etwa so alt wie ich – fünfzig – zweiundfünfzig. Wahrscheinlich also wird es *das* sein, Hughs ganze Art und Weise hatte es ausgedrückt, hatte es unmißverständlich ausgedrückt – der arme alte Hugh, dachte Mrs Dalloway und erinnerte sich amüsiert, dankbar, bewegt, wie scheu, wie brüderlich – besser tot, als dem eigenen Bruder etwas zu sagen – Hugh immer gewesen war, als er in Oxford lebte und herüberkam und vielleicht einer von ihnen (verflixt!) gerade nicht ausreiten konnte. Wie also konnten Frauen einen Sitz im Parlament haben? Wie konnten sie zusammen mit Männern etwas unternehmen? Denn da gibt es diesen außerordentlich tiefen Instinkt, etwas drinnen in einem; man kommt nicht darüber hinweg; braucht es gar nicht erst zu versuchen, und Männer wie Hugh respektieren es, ohne daß wir es aussprechen, und das, dachte Clarissa, mögen wir so an dem lieben alten Hugh.

Sie war durch den Admirality Arch gegangen und

erblickte am Ende der Straße mit ihren mageren Bäumen das weiße Monument Victorias, Victorias schwellende Mütterlichkeit, Fülle, Hausbackenheit, die immer lächerlich wirkte und dennoch so ehrfurchtgebietend, dachte Mrs Dalloway und erinnerte sich an die Kensington Gardens und die alte Dame mit der Hornbrille und wie das Kindermädchen sie geheißen hatte, sofort stehenzubleiben und sich vor der Königin zu verneigen. Auf dem Schloß flatterte die Fahne. Der König und die Königin waren also zurück. Dick war neulich beim Mittagessen mit ihr zusammengetroffen – eine durch und durch nette Frau. Für die Armen, dachte Clarissa, ist das so wichtig und für die Soldaten. Ein Mann aus Bronze mit einem Gewehr stand heroisch auf einem Sockel zu ihrer Linken – der südafrikanische Krieg. Es ist so wichtig, dachte Mrs Dalloway und ging weiter in Richtung Buckingham Palace. Dort stand es unerschütterlich im hellen Sonnenschein, unnachgiebig, schlicht. Doch es lag am Charakter, dachte sie; an etwas, das dem Geschlecht angeboren war; das die Inder respektierten. Die Königin besuchte Krankenhäuser, eröffnete Basare – die Königin von England, dachte Clarissa und sah zum Schloß hinüber. Bereits zu dieser Stunde kam ein Automobil zum Tor heraus; Soldaten salutierten; die Tore wurden geschlossen. Und Clarissa überquerte die Straße und betrat gerade aufgerichtet den Park.

Der Juni hatte an den Bäumen jedes Blatt herausgetrieben. Die Mütter von Westminster mit gefleckten Brüsten stillten ihre Kleinen. Durchaus anständige Mädchen lagen im Grase ausgestreckt. Ein älterer Mann beugte sich sehr steif nieder, hob ein zerknülltes Papier auf, glättete es und warf es fort. Wie entsetzlich! In der Botschaft gestern abend hatte Sir Dighton gesagt: »Wenn ich will, daß jemand mein Pferd hält, brauche ich nur die Hand hochzustrecken.« Doch die religiöse Frage sei viel ernster als die ökonomische, hatte Sir Dighton gesagt, was ihr aus dem Munde eines Mannes wie Sir Dighton äußerst interessant vorgekommen war. »Ach, das Land wird niemals wissen, was es verloren hat«, hatte er gesagt und damit aus eigenem Antrieb von dem teuren Jack Stewart gesprochen.

Sie schritt die kleine Anhöhe leicht hinan. Die Luft regte sich vor Energie. Botschaften gingen zwischen der Flotte und der Admiralität hin und her. Piccadilly und Arlington Street und Mall schienen geradezu die Luft im Park warmzureiben und sein Laubwerk heiß und strahlend auf die Wogen jener göttlichen Vitalität zu heben, die Clarissa liebte. Reiten; tanzen; es war ihr alles eine Lust gewesen. Oder lange Spaziergänge auf dem Land, Gespräche, über Bücher, was man mit seinem Leben anfangen solle, denn junge Leute waren erstaunlich anspruchsvoll – was hatte man nicht alles gesagt! Aber man war von etwas überzeugt gewesen. Die mittleren Lebensjahre sind doch verflixt. Menschen wie Jack werden das nie einsehen, dachte sie; denn kein einziges Mal hat er an den Tod gedacht, nie, hieß es, wußte er, daß er sterben würde. Und niemals kann nun trauern – wie ging das doch noch? – ein grau gewordner Kopf ... Vor der Welt ödem ansteckendem Makel[1] ... Geleert die Becher schon vor ein, zwei Runden[2] ... Vor der Welt ödem ansteckendem Makel. Sie hielt sieh gerade.

Doch wie hätte Jack herausgelacht! Auf dem Piccadilly Shelley zu zitieren! »Dir fehlt wohl eine Nadel«, hätte er gesagt. Er konnte Vogelscheuchen nicht ausstehen. »Gottogott, Clarissa! Gottogott, Clarissa!« – so hörte sie ihn jetzt auf der Party im Devonshire House sagen, und zwar über die arme Sylvia Hunt mit ihrer Bernsteinhalskette und dieser verschlumpten alten Seide. Clarissa hielt sich gerade, denn sie hatte laut vor sich hin gesprochen und war jetzt auf Piccadilly und kam vor dem Haus mit den schmalen grünen Säulen und den Balkons vorbei; vor Club-Fenstern voller Zeitungen; vor dem Haus der alten Lady Burdett-Coutts, wo der weiße Glaspapagei hing; und vor dem Devonshire House ohne seine vergoldeten Leoparden; und vor Claridge, wo sie, sie durfte es nicht vergessen, in Dicks Namen eine Karte für Mrs Jepson abgeben mußte, ehe sie abreiste. Reiche Amerikaner können sehr

17

charmant sein. Da war St. James' Palace; wie aus dem Bausteinkasten eines Kindes; und jetzt – sie war über die Bond Street hinweg – war sie vor der Buchhandlung Hatchard. Der Strom war endlos – endlos – endlos. Lords, Ascot, Hurlingham – was war los? Allerliebst, dachte sie, als sie auf das Titelbild irgendeines Memoirenbandes blickte, das im Fenster des gerundeten Erkers breit aufgeschlagen dalag, vielleicht Sir Joshua oder Romney; schelmisch aufgeweckt, zurückhaltend; die Art Mädchen – wie ihre Elizabeth – die einzige Art, die zählt. Und dort lag dieses absurde Buch, *Seifenschwamm*[3], das Jim immer wieder aufzusagen pflegte; und Shakespeares Sonette. Sie kannte sie auswendig. Phil und sie hatten einen ganzen Tag lang über die Dark Lady diskutiert, und Dick hatte an jenem Abend beim Essen rundheraus gesagt, daß er noch nie etwas von ihr gehört habe. Tatsächlich, deswegen hatte sie ihn geheiratet! Er hatte nie Shakespeare gelesen! Es mußte doch irgendein kleines billiges Buch geben, das sie für Milly kaufen konnte – *Cranford* natürlich! Gab es wohl noch so etwas Bezauberndes wie die Kuh im Unterrock?[4] Wenn die Menschen heutzutage nur diesen Humor, diese Selbstachtung hätten, dachte Clarissa, denn sie dachte an die breiten Seiten; das Ende der Sätze; die Figuren – wie man über sie sprach, als wären sie wirklich. Denn alles Große findet man nur in der Vergangenheit, dachte sie. Vor der Welt ödem ansteckenden Makel ... Fürchte nicht mehr Sonnenglut[5] ... Und niemals kann nun trauern, niemals trauern, wiederholte sie, und ihre Augen schweiften über das Fenster; denn es ging ihr nicht aus dem Kopf; der Prüfstein größer Dichtung; die Modernen hatten nie etwas über den Tod geschrieben, das man lesen mochte, dachte sie; und wandte sich ab.

Omnibusse gesellten sich zu Automobilen; Automobile zu Lieferwagen; Lieferwagen zu Kraftdroschken; Kraftdroschken zu Automobilen – da kam ein offenes Automobil mit einem Mädchen ganz allein. Bis vier Uhr auf, mit kribbelnden Füßen, ich weiß, dachte Clarissa, denn das Mädchen sah erschöpft aus, wie sie da halb eingeschlafen nach dem Tanz in der Ecke des Wagens saß. Und noch ein Automobil kam; und noch eins. Nein! Nein! Nein! Clarissa lächelte gutmütig. Die dicke Lady hatte sich ja alle erdenkliche Mühe gegeben, aber Diamanten! Orchideen! So früh am Vormittag! Nein! Nein! Nein! Der vortreffliche Schutzmann würde seine Hand heben, wenn die Zeit kam. Noch ein Automobil fuhr vorüber. Überhaupt kein bißchen attraktiv! Warum mußte ein Mädchen in diesem Alter die Augen schwarz ummalen? Und ein junger Mann, mit einem Mädchen, zu dieser Stunde, wenn doch das Land – Der bewunderungswürdige Schutzmann hob die Hand, und in Bestätigung seiner herrscherlichen Schwingbewegung überquerte Clarissa, sich Zeit lassend, den Damm und ging auf Bond Street zu; sah die enge krumme Straße, die gelben Banner; die über den Himmel gespannten dicken knotigen Telegraphendrähte.

Vor hundert Jahren war ihr Ururgroßvater, Seymour Parry, der mit Conways Tochter durchbrannte, Bond Street hinunter gegangen. Die Bond Street hinunter waren die Parrys hundert Jahre lang gegangen und hätten den Dalloways (Leighs mütterlicherseits) begegnen können, die sie heraufkamen. Dort lag ein Tuchballen im Fenster, und hier stand nichts als ein Krug auf einem schwarzen Tisch, unglaublich teuer; wie der dicke rosa Lachs auf dem Eisblock beim Fischhändler. Der Schmuck war hervorragend – rosa und orangene Sterne, Similisteine, spanisch, dachte sie, und Ketten aus Altgold; Sternenschnallen, kleine Broschen, die von Ladys mit hohen Frisuren auf meergrünem Satin getragen worden waren. Besser gar nicht hinsehen! Man muß sparen. Sie mußte an der Gemäldehandlung vorbei, wo eins dieser komischen französischen Bilder hing, so als hätten die Leute zum Spaß mit Konfetti – rosa und blau – um sich geworfen. Wenn man sein Leben mit Bildern zugebracht hat (und bei Büchern und Musik ist es das gleiche), dachte Clarissa, als sie an der Aeolian Hall vorüber kam, fällt man auf einen bloßen Spaß nicht herein.

Der Fluß der Bond Street war verstopft. Das dort war, wie eine Königin bei einem Tournier, erhoben, fürstlich, Lady Bexborough. Sie saß in ihrer Kutsche aufrecht allein und schaute durch ihre Brille. Der weiße Handschuh war um das Handgelenk locker. Sie war in Schwarz, recht unansehnlich sogar, und doch, dachte Clarissa, wie unverkennbar sich das bemerkbar macht, Lebensart, Selbstachtung, nie ein Wort zuviel zu sagen oder den Leuten Anlaß zum Klatsch zu geben; eine erstaunliche Freundin; kein Mensch kann ihr nach all diesen Jahren am Zeug flicken, und da ist sie nun, dachte Clarissa, als sie an der Gräfin vorbeikam, die gepudert und völlig reglos wartete, und Clarissa hätte alles gegeben, so zu sein wie sie, die Herrin von Clarefield, und über Politik zu sprechen wie ein Mann. Aber nie geht sie irgendwo hin, dachte Clarissa, und es ist zwecklos, sie einzuladen, und die Kutsche fuhr weiter, und Lady Bexborough glitt vorbei wie eine Königin bei einem Tournier, obwohl sie nichts hatte, wofür sie leben konnte, und die Gesundheit des alten Herrn nachließ und es hieß, sie sei alles leid, dachte Clarissa, und tatsächlich stiegen ihr Tränen in die Augen, als sie den Laden betrat.

»Guten Morgen«, sagte Clarissa mit ihrer Charmestimme. »Handschuhe«, sagte sie auf ihre feine, freundliche Art, stellte die Handtasche auf dem Ladentisch ab und begann, sehr langsam die Knöpfe zu öffnen, »Weiße Handschuhe«, sagte sie. »Über die Ellbogen«, und sie sah der Verkäuferin gerade ins Gesicht – dies war doch nicht das Mädchen, das sie im Gedächtnis hatte? Sie sah schon recht alt aus. »Diese hier passen nicht richtig«, sagte Clarissa. Das Ladenfräulein betrachtete sie. »Gnädige Frau tragen Armreifen?« Clarissa spreizte die Finger. »Vielleicht liegt es an meinen Ringen.« Und das Mädchen nahm die grauen Handschuhe mit zum Ende des Ladentischs.

Doch, dachte Clarissa, wenn es das Mädchen ist, das ich im Gedächtnis habe, ist sie zwanzig Jahre älter … Es war nur noch eine andere Kundin da, sie saß seitlich am Ladentisch, hatte den Ellbogen aufgestützt und ließ eine Hand leer hängen; wie eine Figur auf einem japanischen Fächer, dachte Clarissa, vielleicht zu leer, doch gewisse Männer wären hingerissen von ihr. Die Lady schüttelte traurig den Kopf. Wiederum waren ihr die Handschuhe zu groß. Sie drehte den Spiegel um. »Über das Handgelenk«, sagte sie vorwurfsvoll zu der grauhaarigen Frau; die hinsah und zustimmte.

Sie wartete; eine Uhr tickte; Bond Street summte gedämpft, fern; die Frau entfernte sich mit Handschuhen in der Hand. »Über das Handgelenk«, sagte die Lady trauervoll mit erhobener Stimme. Und sie mußte noch Stühle, Eis, Blumen und Garderobenmarken bestellen, dachte Clarissa. Kommen würden jene Leute, auf die sie keinen Wert legte; die anderen nicht. Sie würde an der Tür stehen. Es gab auch Strümpfe – Seidenstrümpfe. Eine Lady erkennt man an ihren Handschuhen und ihrem Schuhwerk, sagte Onkel William immer. Und zwischen den hängenden Seidenstrümpfen, ihrem quicken Silber hindurch sah sie zu der Lady hinüber, ihren schräg abfallenden Schultern, der herunterhängenden Hand, der wegrutschenden Handtasche, ihren leer auf den Boden gerichteten Augen. Es wäre unerträglich, wenn nachlässig gekleidete Frauen zu ihrer Party kämen! Hätte man Keats gemocht, wenn er rote Socken getragen hätte? Ach, endlich – sie neigte sich über den Ladentisch, und es zuckte ihr durch den Kopf:

»Wissen Sie noch, daß Sie vor dem Krieg Handschuhe mit Perlenknöpfen hatten?«

»Französische Handschuhe, gnädige Frau?«

»Ja, es waren französische«, sagte Clarissa. Die andere Lady erhob sich sehr traurig und nahm ihre Handtasche und betrachtete die Handschuhe auf dem Ladentisch. Doch sie waren alle zu weit – immer zu weit ums Handgelenk.

»Mit Perlenknöpfen«, sagte das Ladenmädchen, das so gealtert aussah. Sie zerteilte auf dem Ladentisch der Länge nach Seidenpapier. Mit Perlenknöpfen, dachte Clarissa, ganz schlicht – wie französisch!

»Gnädige Frau haben so schmale Hände«, sagte die Verkäuferin und zog ihr den Handschuh fest und glatt über die Ringe. Und Clarissa betrachtete im Spiegel ihren Arm. Der Handschuh reichte kaum bis zum Ellbogen. Ob es wohl welche gab, die einen halben Zoll länger waren? Dennoch schien es zuviel Umstand, sie deswegen zu bemühen – vielleicht der einzige Tag im Monat, dachte Clarissa, an dem das Stehen eine Qual ist. »Ach, bemühen Sie sich nicht«, sagte sie. Doch die Handschuhe wurden herbeigeschafft.

»Werden Sie nicht schrecklich müde«, fragte sie mit ihrer Charmestimme, »wenn Sie so stehen? Wann bekommen Sie Ihren Urlaub?«

»Im September, gnädige Frau, wenn es nicht so viel zu tun gibt.«

Wenn wir auf dem Land sind, dachte Clarissa. Oder auf der Jagd. Sie verbringt vierzehn Tage in Brighton. In irgendeinem muffigen Quartier. Die Wirtin scheffelt das Geld. Nichts wäre einfacher, als sie zu Mrs Lumley mitten auf dem Land zu schicken (und es lag ihr schon auf der Zunge). Doch dann fiel ihr ein, wie Dick ihr auf ihrer Hochzeitsreise beigebracht hatte, daß es eine Torheit ist, auf eine bloße Regung hin Geschenke zu machen. Viel wichtiger sei es, hatte er gesagt, die Handelsbeziehungen zu China auszubauen. Natürlich hatte er recht. Und sie konnte spüren, daß das Mädchen nur ungern etwas geschenkt bekäme. Hier war sie am richtigen Platz. Wie Dick an dem seinen. Handschuhe verkaufen war ihr Beruf. Sie hatte ihre eigenen Sorgen, ganz für sich, »und niemals kann nun trauern, niemals trauern«, die Worte gingen ihr durch den Kopf. »Vor der Welt ödem ansteckendem Makel«, dachte Clarissa und hielt den Arm steif, denn es gibt Augenblicke, da erscheint es ganz und gar vergeblich (der Handschuh wurde abgezogen und ließ Puderstellen auf ihrem Arm zurück) – man glaubt, dachte Clarissa, einfach nicht mehr an Gott.

Der Verkehr brauste plötzlich auf; die Seidenstrümpfe erstrahlten. Eine Kundin kam herein.

»Weiße Handschuhe«, sagte sie mit einem Ton in der Stimme, an den sich Clarissa erinnerte.

Damals, dachte Clarissa, war es einfach. Von hoch, hoch herab durch die Luft kam das Krächzen der Saatkrähen. Als Sylvia vor Hunderten von Jahren starb, sahen die Eibenhecken so wunderschön aus mit den Diamantengeweben im Nebel vor dem Frühgottesdienst. Doch wenn Dick morgen stürbe, was den Glauben an Gott anging – nein, sie würde den Kindern die Wahl lassen, doch sie selber, wie Lady Bexborough, die den Basar, wie es hieß, mit dem Telegramm in der Hand eröffnet hatte – Roden, ihr Lieblingssohn, gefallen –, sie würde weitermachen. Doch warum, wenn man nicht mehr glaubt? Um der anderen willen, dachte sie und nahm den Handschuh in die Hand. Das Mädchen wäre viel unglücklicher, wenn sie nicht glaubte.

»Dreißig Schilling«, sagte die Verkäuferin. »Nein, Verzeihung, gnädige Frau, fünfunddreißig. Die französischen Handschuhe sind teurer.«

Denn man lebt nicht für sich allein, dachte Clarissa.

Und dann nahm die andere Kundin einen Handschuh, zerrte daran, und er riß.

»Da!« rief sie.

»Ein Fehler im Leder«, sagte die grauhaarige Frau hastig. »Beim Gerben manchmal ein Tropfen Säure. Probieren Sie dieses Paar an, gnädige Frau.«

»Aber dafür zwei Pfund zehn zu nehmen, ist ein fürchterlicher Betrug!«

Clarissa sah die Lady an; die Lady sah Clarissa an.

»Seit dem Krieg ist auf die Handschuhe nicht mehr viel Verlaß«, sagte die Verkäuferin entschuldigend zu Clarissa.

Doch wo nur hatte sie die andere Dame gesehen? – ältlich, mit einem Doppelkinn; mit einer goldenen Brille an einem schwarzen Band; sinnlich, klug, wie eine Zeichnung von Sargent[6]. Wie man doch an der Stimme erkennen kann, wenn jemand gewohnt ist, dachte Clarissa, daß andere Leute – »Der ist ein bißchen zu eng«, sagte sie – einem gehorchen. Die Verkäuferin entfernte sich aufs neue. Clarissa blieb wartend zurück. Fürchte nicht mehr, wiederholte sie und trommelte mit dem Finger auf den Ladentisch. Fürchte nicht mehr Sonnenglut. Fürchte nicht mehr, wiederholte sie. Auf ihrem Arm waren kleine braune Flecken. Und das Mädchen war langsam wie eine Schnecke. Jetzt dein irdisch Treiben ruht. Tausende junger Männer waren gestorben, damit alles weiterging. Endlich! Einen halben Zoll über den Ellbogen; Perlknöpfe; fünfeinviertel. Meine gute Trantüte, dachte Clarissa, meinst du, ich kann den ganzen Vormittag hier herumsitzen? Jetzt wird's eine halbe Stunde dauern, bis du mir mein Wechselgeld bringst!

Von der Straße draußen drang ein lauter Knall herein. Die Verkäuferinnen drückten sich hinter dem Ladentisch. Doch Clarissa saß sehr gerade und lächelte die andere Lady an. »Miss Anstruther!« rief sie.

# SCHWESTER LUGTONS VORHANG

Schwester Lugton war eingeschlafen. Sie hatte einen gewaltigen Schnarcher von sich gegeben. Sie hatte den Kopf sinken lassen; ihre Brille auf die Stirn hochgeschoben; und da saß sie am Kamingitter, den Finger hochgestreckt und einen Fingerhut darauf; und ihre Nadel voll Nähgarn hing herab; und sie schnarchte, schnarchte; und auf ihren Knien, ihre ganze Schürze bedeckend, war ein großes Stück gemusterter blauer Stoff.

Die Tiere, mit denen er bedeckt war, bewegten sich erst, als Schwester Lugton zum fünften Mal schnarchte. Eins, zwei, drei, vier, fünf – ah, die alte Frau war endlich eingeschlafen. Die Antilope nickte dem Zebra zu; die Giraffe biß durch das Blatt an der Baumspitze; alle Tiere fingen an, die Köpfe zu werfen und herumzustolzieren. Denn das Muster auf dem blauen Stoff war aus Scharen wilder Tiere gemacht und unter ihnen war ein See und eine Brücke und eine Stadt mit runden Dächern und kleinen Männern und Frauen, die aus den Fenstern sahen und zu Pferde über die Brücke ritten. Aber sofort als die alte Schwester zum fünften Mal schnarchte, verwandelte der blaue Stoff sich in blaue Luft; und die Bäume winkten; man konnte hören, wie das Wasser des Sees sich brach; und sehen, wie die Menschen sich über die Brücke bewegten und mit den Händen aus den Fenstern winkten.

Die Tiere setzten sich nun in Bewegung. Als erstes gingen der Elefant und das Zebra; als nächstes die Giraffe und der Tiger; der Strauß, der Mandrill, zwölf Murmeltiere und eine Herde Mungos folgten; die Pinguine und die Pelikane watschelten und wateten, häufig nacheinander pickend, daneben her. Über ihnen brannte Schwester Lugtons goldener Fingerhut wie eine Sonne; und als Schwester Lugton schnarchte, hörten die Tiere den Wind durch den Wald brausen. Sie gingen hinunter, um zu trinken, und während sie dahinschritten, wurde der blaue Vorhang (denn Schwester Lugton nähte einen Vorhang für das Wohnzimmerfenster von Mrs John Jasper Gingham) zu Gras gemacht, und Rosen und Maßliebchen; übersät mit weißen und schwarzen Steinen; mit Pfützen darauf, und Wagenspuren, und kleinen Fröschen, die eilig hüpften, damit die Elefanten nicht auf sie traten. Hinunter gingen sie, den Hügel hinunter an den See, um zu trinken. Und bald waren alle am Rand des Sees versammelt, manche beugten sich hinunter, andere warfen die Köpfe hoch. Wirklich, es war ein wunderschöner Anblick – und der Gedanke daran, daß all dies über den

Knien der alten Schwester Lugton lag, während sie schlief, im Lampenlicht in ihrem Windsor-Sessel sitzend – der Gedanke daran, daß ihre Schürze mit Rosen und Gras bedeckt war, und mit all diesen wilden Tieren, die darüber trampelten, wo Schwester Lugton eine Heidenangst davor hätte, im Zoo auch nur mit ihrem Schirm durch die Gitter zu pieksen! Selbst ein kleiner schwarzer Käfer ließ sie einen Satz machen. Aber Schwester Lugton schlief; Schwester Lugton sah nichts, gar nichts.

Die Elefanten tranken; und die Giraffen knipsten die Blätter an den höchsten Tulpenbäumen ab; und die Leute, die die Brücken überquerten, warfen Bananen nach ihnen, und schleuderten Ananasse hoch in die Luft, und wunderschöne goldene Semmeln gefüllt mit Quitten und Rosenblättern, denn die Affen liebten sie. Die alte Königin kam in ihrer Sänfte vorüber; der General der Armee ging vorbei; ebenso der Premierminister; der Admiral; der Henker; und hohe Würdenträger auf Geschäften in der Stadt, die ein sehr schöner Ort war und Millamarchmantopolis hieß. Niemand fügte den lieblichen Tieren ein Leid zu; viele bemitleideten sie; denn es war überall bekannt, daß selbst der kleinste Affe verzaubert war. Denn eine große Menschenfresserin hatte sie in ihren Fesseln, wie die Menschen wußten; und die große Menschenfresserin wurde Lugton genannt. Sie konnten sie sehen, von ihren Fenstern, wie sie drohend über ihnen aufragte. Sie hatte ein Gesicht wie die Flanke eines Berges mit großen Abgründen und Lawinen, und Klüften als Augen und Haare und Nase und Zähne. Und jedes Tier, das sich in ihre Territorien verirrte, ließ sie lebendig erstarren, so daß sie den ganzen Tag über stocksteif auf ihrem Knie standen, aber wenn sie einschlief, dann waren sie erlöst, und sie kamen am Abend nach Millamarchmantopolis hinunter, um zu trinken.

Plötzlich knüllte die alte Schwester Lugton den Vorhang ganz in Falten.

Denn eine große Schmeißfliege summte rund um die Lampe und weckte sie. Sie setzte sich auf und stach ihre Nadel ein.

Die Tiere flitzten in Sekundenschnelle zurück. Die Luft wurde blauer Stoff. Und der Vorhang lag ganz still auf ihrem Knie. Schwester Lugton nahm ihre Nadel auf und fuhr fort, Mrs Ginghams Wohnzimmervorhang zu nähen.

# DIE WITWE UND DER PAPAGEI:
# EINE WAHRE GESCHICHTE

Vor etwa fünfzig Jahren saß Mrs Gage, eine ältere Witwe, in ihrem Cottage in einem Dorf namens Spilsby in Yorkshire. Obwohl lahm, und ziemlich kurzsichtig, tat sie ihr Bestes, ein Paar Holzschuhe zu flicken, denn sie hatte nur ein paar Schillinge die Woche zum Leben. Während sie auf den Holzschuh einhämmerte, öffnete der Briefträger die Tür und warf ihr einen Brief in den Schoß. Er trug die Adresse »Kanzlei Stagg und Beetle, 67 High Street, Lewes, Sussex«. Mrs Gage öffnete ihn und las:

»Sehr geehrte gnädige Frau; Wir haben die Ehre, Sie über den Tod Ihres Bruders, Mr Joseph Brand, zu informieren.«

»Jessesmaria«, sagte Mrs Gage. »Ist der alte Joseph schließlich dahin!«

»Er hat Ihnen seinen gesamten Besitz vermacht«, hieß es im Brief weiter, »der aus einem Wohnhaus, Stall, Gurkengestellen, Schneidemaschinen, Schubkarren etc. etc. im Dorf Rodmell in der Nähe von Lewes besteht. Außerdem hinterläßt er Ihnen sein gesamtes Vermögen; nämlich £ 3.000 (dreitausend Pfund) Sterling.«

Mrs Gage fiel vor Freude fast ins Feuer. Sie hatte ihren Bruder seit vielen Jahren nicht gesehen, und da er sich nicht einmal für die Weihnachtskarte bedankte, die sie ihm jedes Jahr schickte, dachte sie, daß seine Knauserigkeit, die ihr aus der Kindheit wohlbekannt war, ihn sogar an einer Penny-Briefmarke für eine Antwort knapsen ließ. Aber nun hatte sich alles zu ihrem Vorteil gewendet. Mit dreitausend Pfund, ganz zu schweigen vom Haus etc. etc., konnten sie und ihre Familie für immer in großem Luxus leben.

Sie entschied, daß sie Rodmell unverzüglich besuchen mußte. Der Dorfgeistliche, der Reverend Samuel Tallboys, lieh ihr zwei Pfund zehn, damit sie ihre Fahrkarte bezahlen konnte, und am nächsten Tag waren alle Vorbereitungen für ihre Reise abgeschlossen. Die wichtigste davon war die Versorgung ihres Hundes Shag während ihrer Abwesenheit, denn trotz ihrer Armut liebte sie Tiere und schränkte sich häufig lieber selbst ein, als ihrem Hund seinen Knochen zu mißgönnen.

Sie erreichte Lewes am späten Dienstagabend. In jenen Tagen, muß ich Ihnen dazu sagen, gab es bei Southease keine Brücke über den Fluß, noch war die Straße nach Newhaven schon gebaut. Um Rodmell zu erreichen, war es notwendig, den Fluß Ouse über eine Furt zu durchqueren, von der immer noch Spuren vorhanden sind, aber dies konnte nur bei Ebbe versucht werden, wenn die Steine im Flußbett über dem Wasser erschienen. Mr Stacey, der Bauer, fuhr in seinem Karren nach Rodmell, und er erbot sich freundlicherweise, Mrs Gage mitzunehmen. Sie erreichten Rodmell gegen neun Uhr an einem Novemberabend, und Mr Stacey zeigte Mrs Gage zuvorkommenderweise das Haus am Ende des Dorfes, das ihr von ihrem Bruder hinterlassen worden war. Mrs Gage klopfte an die Tür. Sie erhielt keine Antwort. Sie klopfte noch einmal. Eine sehr merkwürdig hohe Stimme kreischte hervor: »Nicht zu Hause.« Sie war so bestürzt, daß sie, hätte sie nicht Schritte kommen gehört, weggelaufen wäre. Die Tür wurde jedoch von einer alten Frau aus dem Dorf namens Mrs Ford geöffnet.

»Wer war das, der ›Nicht zu Hause‹ hervorgekreischt hat?« sagte Mrs Gage.

»Der Henker soll den Vogel holen!« sagte Mrs Ford sehr mißgestimmt und deutete auf einen großen grauen Papagei. »Er schreit, daß mir fast der Kopf abfällt. Da hockt er den ganzen Tag krumm und bucklig auf seiner Stange wie ein Denkmal und kreischt ›Nicht zu Hause‹, sobald man in die Nähe seiner Stange kommt.« Er war ein prächtiger Vogel, wie Mrs Gage sehen konnte; aber seine Federn waren kläglich vernachlässigt. »Vielleicht ist er unglücklich, oder er könnte hungrig sein«, sagte sie. Aber Mrs Ford sagte, es wäre nichts als Übellaunigkeit; er wäre ein Seemannspapagei und hätte seine Sprache im Osten gelernt. Aber, fügte sie hinzu, Mr Joseph hatte ihn sehr gern, hatte ihn James genannt; und, so hieß es, hatte mit ihm geredet, als wäre er ein vernunftbegabtes Wesen. Mrs Ford ging bald. Mrs Gage lief sogleich zu ihrer Kiste und holte etwas Zucker, den sie bei sich hatte, und bot ihn dem Papagei an, wobei sie in sehr freundlichem Ton sagte, daß sie nichts Böses wolle, sondern die Schwester seines alten Herrn sei, die gekommen war, um das Haus in Besitz zu nehmen, und sie würde dafür sorgen, daß er so glücklich war wie ein Vogel es nur sein konnte. Dann nahm sie eine Laterne und machte einen Rundgang durch das Haus, um zu sehen, was für eine Art von Besitz ihr Bruder ihr hinterlassen hatte. Es war eine bittere Enttäuschung. In allen Teppichen waren Löcher. Die Sitze der Stühle waren herausgefallen. Ratten liefen am Kaminsims entlang. Große Pilze wuchsen durch den Küchenboden. Es gab kein einziges Möbelstück, das siebeneinhalb Pence wert gewesen wäre; und Mrs Gage tröstete sich nur dadurch, daß sie an die dreitausend Pfund dachte, die sicher und gemütlich in der Bank von Lewes lagen.

Sie entschied, am nächsten Tag nach Lewes zu gehen, um bei Stagg und Beetle, den Anwälten, den Anspruch auf ihr Geld zu erheben und dann so schnell sie konnte nach Hause zurückzukehren.

Mr Stacey, der mit ein paar prächtigen Berkshire-Schweinen zum Markt fuhr, erbot sich wieder, sie mitzunehmen, und erzählte ihr ein paar schreckliche Geschichten von jungen Leuten, die beim Fahren bei dem Versuch ertrunken waren, den Fluß bei Flut zu überqueren. Eine große Enttäuschung erwartete die arme alte Frau, sobald sie Mr Staggs Büro betrat.

»Bitte, nehmen Sie doch Platz, gnädige Frau«, sagte er, mit sehr ernstem Gesicht und einem leisen Knurren. »Tatsache ist«, fuhr er fort, »daß Sie sich darauf einstellen müssen, einigen sehr unangenehmen Neuigkeiten ins Gesicht zu sehen. Seit ich Ihnen geschrieben habe, bin ich Mr Brands Papiere sorgfältig durchgegangen. Ich bedaure sagen zu müssen, daß ich keinerlei Spur von den dreitausend Pfund finden kann. Mr Beetle, mein Partner, ist persönlich nach Rodmell gefahren und hat das Grundstück mit äußerster Sorgfalt abgesucht. Er fand absolut nichts – kein Gold, Silber, oder Wertgegenstände irgendwelcher Art – bis auf einen schönen grauen Papagei, den ich Ihnen rate, für was immer er einbringt zu verkaufen. Seine Sprache, sagte Benjamin Beetle, ist sehr extrem. Aber das gehört nicht zur Sache. Ich fürchte sehr, daß Sie Ihre Reise umsonst gemacht haben. Das Haus nebst Grundstück ist heruntergekommen; und natürlich sind unsere Unkosten beträchtlich.« Hier hielt er inne, und Mrs

Gage wußte sehr wohl, daß er wünschte, daß sie ging. Sie war fast verrückt vor Enttäuschung. Nicht nur hatte sie sich zwei Pfund zehn von Reverend Samuel Tallboys geliehen, sondern sie würde auch mit völlig leeren Händen nach Hause zurückkehren, denn der Papagei James würde verkauft werden müssen, damit sie ihre Fahrkarte bezahlen konnte. Es regnete in Strömen, aber Mr Stagg drängte sie nicht zu bleiben, und sie war zu sehr außer sich vor Kummer, um sich Gedanken darüber zu machen, was sie tat. Trotz des Regens begann sie, über die Wiesen nach Rodmell zurückzugehen.

Mrs Gage war, wie ich bereits gesagt habe, auf dem rechten Bein lahm. Im besten Falle ging sie langsam, und jetzt, teils durch ihre Enttäuschung, teils durch den Matsch am Ufer, kam sie in der Tat nur sehr langsam voran. Während sie vor sich hin stapfte, wurde der Tag immer dunkler, bis es ihr nur noch mit Mühe gelang, sich auf dem erhöhten Pfad am Ufer des Flusses entlang zu halten. Man hätte sie beim Gehen vor sich hin schimpfen hören können, und sich über ihren gerissenen Bruder Joseph beklagen, der ihr all diese Mühen eingebrockt hatte. »Ausdrücklich«, sagte sie, »um mich zu ärgern. Er war immer ein gemeiner kleiner Junge, als wir Kinder waren«, fuhr sie fort. »Es hat ihm Spaß gemacht, die armen Insekten zu quälen, und ich habe selbst erlebt, wie er eine haarige Raupe vor meinen eigenen Augen mit einer Schere gestutzt hat. Außerdem war er ein knauseriges Ungeheuer. Er hat sein Taschengeld immer in einem Baum versteckt, und wenn jemand ihm ein Stück Kuchen mit Zuckerguß zum Tee gab, machte er den Zucker ab und bewahrte ihn fürs Abendessen auf. Ich habe keinen Zweifel daran, daß er in eben diesem Augenblick im Feuer der Hölle in hellen Flammen steht, aber was für ein Trost ist das für mich?« fragte sie, und in der Tat war es ein sehr geringer Trost, denn sie lief geradewegs in eine große Kuh hinein, die am Ufer entlangkam, und kugelte kopfüber in den Matsch.

Sie rappelte sich so gut sie konnte auf und schleppte sich mühsam weiter. Es kam ihr vor, als wäre sie schon Stunden gegangen. Es war jetzt stockdunkel, und sie konnte kaum die eigene Hand vor der Nase sehen. Plötzlich entsann sie sich der Worte des Bauern Stacey über die Furt. »Jessesmaria«, sagte sie, »wie soll ich nur je meinen Weg hinüber finden? Wenn Flut ist, werde ich ins tiefe Wasser treten und im Nu ins Meer hinausgespült werden! Zahlreich sind die Paare, die hier schon ertrunken sind, ganz zu schweigen von Pferden, Karren, Rinderherden, und Heuballen.«

In der Tat hatte sie sich, in Anbetracht der Dunkelheit und des Matsches, in eine schöne Patsche gebracht. Sie konnte den eigentlichen Fluß kaum sehen, geschweige denn sagen, ob sie die Furt erreicht hatte oder nicht. Nirgendwo waren Lichter zu sehen, denn, wie Sie vielleicht wissen, gibt es auf dieser Seite des Flusses kein Cottage oder Haus näher als Asheham House, ehemals Wohnsitz von Mr Leonard Woolf. Es schien, daß ihr nichts anderes übrigblieb als sich hinzusetzen und auf den Morgen zu warten. Aber in ihrem Alter, mit dem Rheumatismus in ihrem System, konnte sie leicht erfrieren. Andererseits, wenn sie versuchte, den Fluß zu überqueren, war es so gut wie sicher, daß sie ertrinken würde. So elend war ihre Lage, daß sie mit Freuden mit einer der Kühe auf der Weide getauscht hätte. In der ganzen Grafschaft Sussex hätte man keine unglücklichere alte Frau finden können; wie sie am Flußufer stand, ohne zu wissen, ob sie sich setzen oder schwimmen sollte, oder sich einfach ins Gras rollen, naß wie es war, und schlafen oder sich zu Tode frieren, wie ihr Schicksal es entschied.

In diesem Augenblick geschah etwas Wundervolles. Ein gewaltiges Licht schoß am Himmel hoch, wie eine gigantische Fackel, beleuchtete jeden Grashalm und zeigte ihr die Furt keine zwanzig Yard entfernt. Es war Ebbe und die Überquerung würde eine leichte Sache sein, wenn das Licht nur nicht ausging; bevor sie hinüber war.

»Es muß ein Komet sein oder sonst eine wundervolle Monstrosität«, sagte sie, als sie hinüberhumpelte. Sie konnte das Dorf Rodmell strahlend hell vor sich sehen.

»Segne und errette uns!« rief sie aus. »Da steht ein Haus in Flammen – dem Herrn sei Dank« – denn sie nahm an, daß es wenigstens ein paar Minuten dauern würde, ein Haus niederzubrennen, und bis dahin wäre sie längst auf dem Weg ins Dorf.

»Es muß schon ein böser Wind sein, der niemandem etwas Gutes zuweht«, sagte sie, als sie die Römerstraße entlanghumpelte. Und in der Tat konnte sie jeden Zoll des Weges sehen und war fast schon auf der Dorfstraße, als ihr zum ersten Mal aufging, »Vielleicht ist es mein eigenes Haus, das da vor meinen Augen zu Asche verglüht!«

Sie hatte völlig recht.

Ein Junge im Nachthemd hüpfte auf sie zu und rief, »Sehen Sie nur, wie das Haus vom alten Joseph Brand in Flammen steht!«

Alle Dorfbewohner standen in einem Kreis um das Haus herum und reichten Wassereimer weiter, die an der Pumpe in der Küche von Monks House gefüllt wurden, und kippten sie auf die Flammen. Aber das Feuer hatte einen festen Zugriff, und gerade als Mrs Gage ankam, fiel das Dach in sich zusammen.

»Hat jemand den Papagei gerettet?« rief sie.

»Seien Sie dankbar, daß Sie nicht selbst dort drin sind, gnädige Frau«, sagte der Reverend James Hawkesford, der Geistliche. »Sorgen Sie sich nicht um die stummen Kreaturen. Ich habe keinen Zweifel, daß der Papagei gnädigerweise auf seiner Stange erstickt ist.«

Aber Mrs Gage war entschlossen, sich selbst zu vergewissern. Sie mußte von den Dorfleuten zurückgehalten werden, die sagten, sie müsse verrückt sein, ihr Leben für einen Vogel aufs Spiel zu setzen.

»Arme alte Frau«, sagte Mrs Ford, »sie hat ihre ganze Habe verloren, bis auf eine alte Holzkiste mit ihren Schlafsachen darin. Ohne Zweifel wären wir an ihrer Stelle auch verrückt.«

Damit nahm Mrs Ford Mrs Gage bei der Hand und führte sie fort zu ihrem eigenen Cottage, wo sie die Nacht schlafen sollte. Das Feuer war jetzt gelöscht, und alle gingen nach Hause ins Bett.

Aber die arme Mrs Gage konnte nicht schlafen. Sie wälzte und drehte sich und dachte an ihre unglückliche Lage, und fragte sich, wie sie nach Yorkshire zurückkommen und dem Reverend Samuel Tallboys das Geld zahlen sollte, das sie ihm schuldete. Gleichzeitig war sie noch mehr bekümmert, wenn sie an das Schicksal des armen Papageien James dachte. Sie hatte Gefallen an dem Vogel gefunden und dachte, daß er ein liebevolles Herz haben müßte, wenn er so tief über den Tod des alten Joseph Brand trauerte, der keinem menschlichen Wesen jemals eine Freundlichkeit erwiesen hatte. Es

41

war ein schrecklicher Tod für einen unschuldigen Vogel, dachte sie; und wenn sie nur rechtzeitig gekommen wäre, hätte sie ihr eigenes Leben riskiert, um seins zu retten.

Sie lag im Bett und dachte diese Gedanken, als ein leises Klopfen am Fenster sie zusammenfahren ließ. Das Klopfen wurde dreimal wiederholt. Mrs Gage stieg so schnell sie konnte aus dem Bett und ging ans Fenster. Dort saß, zu ihrer äußersten Überraschung, ein riesiger Papagei auf der Fensterbank. Der Regen hatte aufgehört, und es war eine schöne Mondlichtnacht. Sie war zuerst sehr erschrocken, erkannte jedoch bald den grauen Papagei, James, und war außer sich vor Freude über sein Entkommen. Sie öffnete das Fenster, streichelte mehrmals seinen Kopf und sagte ihm, er solle hereinkommen. Der Papagei antwortete, indem er den Kopf leise von einer Seite zur anderen schüttelte, dann auf den Boden flog, ein paar Schritte wegging, zurückblickte, wie um zu sehen, ob Mrs Gage kam, und dann auf den Fenstersims zurückkehrte, wo sie in höchster Verwunderung stand.

»Die Kreatur hat in ihren Handlungen mehr Bedeutung als wir Menschen wissen«, sagte sie zu sich selbst. »Also gut, James«, sagte sie laut, sprach mit ihm, als wäre er ein menschliches Wesen, »ich verlasse mich auf dein Wort. Aber warte einen Augenblick, bis ich anständig aussehe.«

Damit heftete sie sich eine große Schürze um, schlich so leise wie möglich nach unten, und ließ sich hinaus, ohne Mrs Ford zu wecken.

Der Papagei James war offensichtlich zufrieden. Er hüpfte nun munter ein paar Yard vor ihr her in Richtung auf das abgebrannte Haus. Mrs Gage folgte so schnell sie konnte. Der Papagei hüpfte, als kenne er seinen Weg ganz genau, um das Haus herum nach hinten, wo ursprünglich die Küche gewesen war. Nichts war jetzt noch von ihr übrig bis auf den Backsteinboden, der immer noch tropfnaß war von dem Wasser, das hingeschüttet worden war, um das Feuer zu löschen. Mrs Gage stand voller Verwunderung still, während James herumhüpfte, hier und da pickte, als prüfe er die Backsteine mit seinem Schnabel. Es war ein sehr unheimlicher Anblick, und wäre Mrs Gage nicht daran gewöhnt gewesen, mit Tieren zu leben, hätte sie sehr wahrscheinlich den Kopf verloren und wäre nach Hause zurückgehumpelt. Aber es sollten noch seltsamere Dinge geschehen. Die ganze Zeit über hatte der Papagei kein Wort gesagt. Er geriet plötzlich in einen Zustand höchster Erregung, flatterte mit den Flügeln, klopfte wiederholt mit dem Schnabel auf den Boden und schrie so schrill, »Nicht zu Hause! Nicht zu Hause!«, daß Mrs Gage fürchtete, das ganze Dorf würde wach werden.

»Reg dich nicht so auf, James; du tust dir noch etwas«, sagte sie besänftigend. Aber er wiederholte seinen Angriff auf die Backsteine nur noch wilder denn zuvor.

»Was soll das alles nur bedeuten?« sagte Mrs Gage und sah sich den Küchenboden genau an. Das Mondlicht war hell genug, um ihr eine leichte Unebenheit in der Verlegung der Backsteine zu zeigen, als wären sie herausgenommen und dann nicht ganz plan mit den anderen wieder zurückgelegt worden. Sie hatte ihre Schürze mit einer großen Sicherheitsnadel befestigt, und nun zwängte sie diese Sicherheitsnadel zwischen die Backsteine und stellte fest, daß sie nur lose aneinandergelegt waren. Sehr bald hatte sie einen mit den Händen herausgehoben. Kaum, daß sie das getan hatte, hüpfte der Papagei auf den Backstein daneben, klopfte energisch mit dem Schnabel darauf und rief, »Nicht zu Hause!«, was Mrs Gage so verstand, daß sie ihn entfernen sollte. So fuhren sie fort, die Backsteine im Mondlicht herauszunehmen, bis sie eine Fläche von etwa sechs auf viereinhalb Fuß freigelegt hatten. Dies schien der Papagei für genug zu halten. Aber was war als nächstes zu tun?

Mrs Gage ruhte sich jetzt aus und beschloß, sich gänzlich vom Verhalten des Papageien James leiten zu lassen. Sie durfte sich nicht lange ausruhen. Nachdem er ein paar Minuten lang im sandigem Untergrund herumgescharrt hatte, wie ihr vielleicht schon einmal eine Henne mit den Krallen im Sand habt scharren sehen, grub er etwas aus, was zunächst wie ein runder Klumpen aus gelblichem Stein aussah. Seine Aufregung wurde so groß, daß Mrs Gage ihm jetzt zu Hilfe kam. Zu ihrer Verwunderung stellte sie fest, daß die ganze Fläche, die sie freigelegt hatten, vollgepackt war mit langen Rollen dieser runden gelblichen Steine, so säuberlich nebeneinander gelegt, daß es eine ziemliche Mühe war, sie zu bewegen. Aber was konnten sie sein? Und zu welchem Zweck waren sie dort versteckt worden? Erst als sie die ganze obere Schicht entfernt hatten, und als nächstes ein Stück Öltuch, das darunter lag, entfaltete sich vor ihren Augen ein höchst wundersamer Anblick – dort, in Reihe um Reihe, wunderschön poliert und im Mondlicht hell glänzend, lagen Tausende von brandneuen Sovereigns!!!!

Das also war das Versteck des alten Geizkragens; und er hatte dafür gesorgt, daß niemand es entdeckte, indem er zwei außergewöhnliche Vorsichtsmaßnahmen traf. Als erstes hatte er, wie später bewiesen wurde, einen Küchenherd über die Stelle gebaut, an der sein Schatz verborgen lag, so daß, wenn das Feuer ihn nicht zerstört hätte, niemand seine Existenz hätte erraten können; und zweitens hatte er die oberste Schicht der Sovereigns mit einer klebrigen Substanz überzogen, sie dann in der Erde herumgerollt, so daß, wenn einer durch Zufall freigelegt worden wäre, niemand vermutet hätte, daß er etwas anderes war als ein Kieselstein, so wie man ihn jeden Tag im Garten sehen kann. So wurde nur durch das außergewöhnliche Übereintreffen des Feuers und der Klugheit des Papageien die Gerissenheit des alten Joseph besiegt.

Mrs Gage und der Papagei arbeiteten nun hart und entfernten den ganzen Schatz – der dreitausend Münzen zählte, weder mehr noch weniger – und legten sie auf ihre Schürze, die auf dem Boden ausgebreitet war. Als die dreitausendste Münze oben auf den Stapel gelegt wurde, flog der Papagei im Triumph in die Luft und landete sehr sanft auf Mrs Gages Kopf. In dieser Form kehrten sie zu Mrs Fords Cottage zurück, in sehr langsamem Schritt, denn Mrs Gage war lahm, wie ich gesagt habe, und jetzt wurde sie vom Inhalt ihrer Schürze fast auf den Boden hinuntergezogen. Aber sie erreichte ihr Zimmer, ohne daß irgend jemand von ihrem Besuch in dem zerstörten Haus wußte.

Am nächsten Tag kehrte sie nach Yorkshire zurück. Mr Stacey fuhr sie noch einmal nach Lewes und war ziemlich überrascht, als er feststellte, wie schwer Mrs Gages Holzkiste geworden war. Aber er war ein Mann von der ruhigen Sorte und folgerte daraus nur, daß die guten Leute von Rodmell ihr ein paar Kleinigkeiten mitgegeben hatten, um sie über den furchtbaren Verlust ihres gesamten Besitzes im

Feuer hinwegzutrösten. Aus reiner Herzensgüte bot Mr Stacey an, ihr den Papagei für eine halbe Krone abzukaufen; aber Mrs Gage lehnte sein Angebot mit solcher Entrüstung ab und sagte, daß sie den Vogel nicht für alle Reichtümer Indiens verkaufen würde, daß er daraus folgerte, die alte Frau sei durch ihren Kummer verrückt geworden.

Es bleibt jetzt nur noch zu sagen, daß Mrs Gage wohlbehalten nach Spilsby zurückgelangte; ihre schwarze Kiste zur Bank brachte; und mit James dem Papagei und ihrem Hund Shag in großer Bequemlichkeit und Glück bis ins sehr hohe Alter lebte.

Erst als sie auf ihrem Totenbett lag, erzählte sie dem Geistlichen (dem Sohn von Reverend Samuel Tallboys) die ganze Geschichte und fügte hinzu, sie sei ganz sicher, daß das Haus vom Papageien James mit Absicht abgebrannt worden war, der, sich der Gefahr bewußt, in der sie sich am Flußufer befand, in die Küche flog und das Ölöfchen umwarf, das ein paar Reste für ihr Abendessen warm hielt. Durch diese Tat rettete er sie nicht nur vor dem Ertrinken, sondern brachte auch die dreitausend Pfund ans Tageslicht, die auf keine andere Weise hätten gefunden werden können. Derart, sagte sie, ist der Lohn für Freundlichkeit gegenüber Tieren.

Der Geistliche dachte, sie phantasiere. Aber es ist gewiß, daß im selben Augenblick, in dem der Atem ihren Körper verlassen hatte, James, der Papagei, hervorkreischte: »Nicht zu Hause! Nicht zu Hause!« und mausetot von seiner Stange fiel. Der Hund Shag war ein paar Jahre zuvor gestorben.

Besucher in Rodmell können immer noch die Ruinen des Hauses sehen, das vor fünfzig Jahren niederbrannte, und es heißt allgemein, daß man, wenn man es im Mondlicht besucht, einen Papagei mit seinem Schnabel auf den Backsteinboden klopfen hören kann, während andere eine alte Frau in einer weißen Schürze dort haben sitzen sehen.

# DAS NEUE KLEID

Mabel hatte ihren ersten ernsthaften Verdacht, daß etwas nicht stimmte, als sie ihren Mantel ablegte, und Mrs Barnet, während sie ihr den Spiegel reichte und die Bürsten berührte und sie so, vielleicht ziemlich deutlich, auf die diversen Gerätschaften zum Richten und Ordnen von Haaren, Teint und Kleidern aufmerksam machte, die es auf dem Frisiertisch gab, bestätigte den Verdacht – daß es nicht stimmte, nicht ganz stimmte, der sich verstärkte, als sie nach oben ging, und ihr zur Gewißheit wurde, als sie Clarissa Dalloway grüßte, so daß sie geradewegs auf die andere Seite des Raumes ging, in eine schattige Ecke, in der ein Spiegel hing, und hineinsah. Nein! Es stimmte *nicht.* Und sofort legte sich das Elend, das sie immer zu verbergen suchte, die tiefe Unzufriedenheit – das Gefühl, das sie schon als Kind gehabt hatte, anderen Menschen unterlegen zu sein – über sie, unbarmherzig, gnadenlos, mit einer Intensität, der sie sich nicht erwehren konnte, wie sie es tat, wenn sie nachts aufwachte, indem sie Borrow oder Scott las; denn oh diese Männer, oh diese Frauen, sie alle dachten – »Was hat Mabel da nur an? Sie sieht ja verboten aus! Was für ein abscheuliches neues Kleid!« – und ihre Augenlider flatterten, wenn sie auf sie zutraten, und dann klappten ihre Lider fest zu. Es war ihre eigene entsetzliche Unzulänglichkeit; ihre Feigheit; ihr erbärmliches, wasserdurchsetztes Blut, das sie niederdrückte. Und sofort kam ihr das ganze Zimmer, in dem sie so viele Stunden lang mit der kleinen Schneiderin überlegt hatte, wie es werden sollte, schmierig vor, widerwärtig; und ihr eigener Salon so schäbig, und sie selbst, beim Weggehen, aufgeblasen vor Eitelkeit, wie sie die Briefe auf dem Tischchen im Flur berührte und sagte: »Wie langweilig!« um sich wichtig zu machen – das alles schien nun unaussprechlich dumm, armselig und provinziell. Das alles war ein für allemal zerstört worden, entlarvt, zersprengt, in dem Augenblick, in dem sie Mrs Dalloways Salon betrat.

Was sie an jenem Abend gedacht hatte, als sie saß noch am Teetisch, Mrs Dalleways Einladung kam, war, daß es ihr natürlich unmöglich wäre, modisch zu sein. Es war absurd, auch nur so tun zu wollen – Mode bedeutete Schnitt, bedeutete Stil, bedeutete wenigstens dreißig Guineen – aber warum nicht originell sein? Warum nicht einfach sie selbst sein? Und sie war aufgestanden und hatte das alte Modeheft ihrer Mutter hervorgeholt, ein Pariser Modeheft im Empirestil, und hatte gedacht, wieviel hübscher, würdevoller und fraulicher sie damals waren, und sich in den Kopf gesetzt – oh, wie dumm von ihr – sein zu wollen wie sie, hatte sich, um ehrlich zu sein, damit hervortun wollen, bescheiden und altmodisch und sehr bezaubernd zu wirken, hatte sich, daran konnte es keinen Zweifel geben, einer Orgie der Eigenliebe hingegeben, die bestraft gehörte, und sich deshalb so herausgeputzt.

Aber sie wagte es nicht, in den Spiegel zu sehen. Sie konnte sich dem Schrecken in seiner Gänze nicht stellen – dem blaßgelben, idotisch altmodischen Seidenkleid mit dem langen Rock und den hoch angesetzten Ärmeln und der Taille und allem, was im Modeheft so bezaubernd aussah, aber nicht an ihr, nicht unter all diesen normalen Leuten. Wie sie da stand, kam sie sich vor wie eine Schneiderpuppe, in die junge Leute Stecknadeln pieksen konnten.

»Aber, meine, Liebe, es ist bezaubernd!« sagte Rose Shaw und musterte sie von Kopf bis Fuß, die Lippen in leisem Spott verzogen, wie sie es erwartet hatte – und Rose selbst natürlich nach der allerneuesten Mode gekleidet, genau wie alle anderen, immer.

Wir sind alle wie Fliegen, die versuchen, über den Rand der Untertasse zu krabbeln, dachte Mabel und wiederholte den Satz, als bekreuzigte sie sich, als versuche sie, einen Zauberspruch zu finden, um diesen Schmerz auszulöschen, diese Qual erträglich zu machen. Zitate aus Shakespeare, Zeilen aus Büchern, die sie vor ewigen Zeiten gelesen hatte, gingen ihr plötzlich durch den Kopf, wenn sie sich quälte, und sie wiederholte sie immer und immer wieder. »Fliegen, die zu krabbeln versuchen«, wiederholte sie.[1] Wenn es ihr gelang, sich das oft genug vorzusagen und die Fliegen zu sehen, würde sie empfindungslos werden, kalt, versteinert, stumm. Jetzt konnte sie Fliegen langsam aus einer Untertasse mit Milch kriechen sehen, die Flügel verklebt; und sie mühte sich verzweifelt (während sie vor dem Spiegel stand und Rose Shaw zuhörte), sich dazu zu zwingen, Rose Shaw und all die anderen Leute hier als Fliegen zu sehen, die versuchten, sich aus etwas herauszuhieven oder in etwas hinein, klägliche, unbedeutende, sich abrackernde Fliegen. Aber sie konnte sie nicht so sehen, nicht andere Leute. Sich selbst sah sie so – sie war eine Fliege, aber die anderen waren Libellen, Schmetterlinge, wunderschöne Insekten, die tanzten, flatterten, dahinschossen, während sie allein sich mühsam aus der Untertasse herauszog. (Neid und Mißgunst, die abscheulichsten der Laster, waren ihre schlimmsten Fehler.)

»Ich komme mir vor wie eine armselige, schrecklich abgetakelte alte Fliege«, sagte sie, zwang Robert Haydon stehenzubleiben, nur um sie das sagen zu hören, nur um sich selbst dadurch zu beruhigen, daß sie einen armen schwächlichen Spruch aufpolierte und so zeigte, wie sehr sie über dem allen stand, wie witzig sie war, daß sie sich nicht im geringsten von irgend etwas ausgeschlossen fühlte. Und natürlich gab Robert Haydon eine ganz höfliche, ganz unaufrichtige Antwort, die sie sofort durchschaute, und kaum daß er gegangen war, sagte sie sich (wieder aus irgendeinem Buch), »Lügen, Lügen, Lügen!«² Denn eine Gesellschaft macht die Dinge entweder viel realer, oder viel unrealer, dachte sie; sie sah blitzartig auf den Grund von Robert Haydons Herz; sie durchschaute alles. Sie sah die Wahrheit. *Das hier* war wahr, dieser Salon, dieses Selbst, das andere falsch. Miss Milans kleines Arbeitszimmer war wirklich schrecklich heiß, stickig, schmierig. Es roch nach Kleidern und gekochtem Kohl; und doch hatte, als Miss Milan ihr den Spiegel reichte und sie sich in dem Kleid begutachtete, fertig, ein unglaubliches Glücksgefühl ihr Herz erfüllt. Durchflutet von Licht, lebte sie plötzlich. Frei von Sorgen und Falten war das, was sie von sich erträumt hatte, da – eine schöne Frau. Nur eine Sekunde lang (sie hatte nicht gewagt, länger hinzusehen, Miss Milan wollte etwas über die Länge des Rocks wissen) sah ihr, eingerahmt von verschnörkeltem Mahagoni, ein grau-weißes, geheimnisvoll lächelndes, bezauberndes Mädchen entgegen, der Kern ihrer selbst, die Seele ihrer selbst; und es war nicht nur Eitelkeit, nicht nur Eigenliebe, die sie glauben ließen, es sei gut, zärtlich und wahr. Miss Milan sagte, der Rock dürfe auf keinen Fall länger werden; falls überhaupt, sagte Miss Milan, die Stirn gekraust, angestrengt nachdenkend, müsse der Rock kürzer sein; und sie fühlte sich plötzlich, ehrlich, erfüllt von Liebe für Miss Milan, empfand viel viel mehr Zuneigung für Miss Milan denn für irgend jemand sonst in der ganzen Welt, und hätte vor Mitleid darüber weinen können, daß sie den Mund voller Stecknadeln auf dem Boden herumkroch, das Gesicht gerötet, mit vorquellenden Augen – daß ein menschliches Wesen so etwas für ein anderes tun konnte, und sie sah sie alle nur als menschliche Wesen, und sich selbst auf dem Weg zu ihrer Gesellschaft, und Miss Milan, wie sie das Tuch über den Käfig des Kanarienvogels deckte oder ihn ein Hanfkorn von ihren Lippen picken ließ, und der Gedanke daran, an diese Seite der menschlichen Natur und ihre Geduld und ihre Ausdauer und ihr Zufriedensein mit derart erbärmlichen, kärglichen, kläglichen kleinen Vergnügungen füllte ihre Augen mit Tränen.

Und nun war das alles verschwunden. Das Kleid, das Zimmer, die Liebe, das Mitleid, der verschnörkelte Spiegel und der Käfig des Kanarienvogels – alles war verschwunden, und hier stand sie in einer

Ecke von Mrs Dalloways Salon, litt Todesqualen, aufgeschreckt in die Realität.

Aber es war alles so armselig, dünnblütig, kleinlich, sich derart zu sorgen in ihrem Alter und mit zwei Kindern immer noch so absolut abhängig zu sein von den Meinungen der Leute und keine Prinzipien oder Überzeugungen zu haben, nicht sagen zu können, wie andere Leute es taten: »Da ist Shakespeare! Da ist der Tod! Wir alle sind Maden in einem Stück Schiffszwieback« – oder was es auch war, was die Leute sagten.

Sie sah sich im Spiegel direkt an; sie zupfte an ihrer linken Schulter; sie trat ins Zimmer hinaus als würden von allen Seiten Speere auf ihr gelbes Kleid geschleudert. Aber statt wild oder tragisch auszusehen, wie Rose Shaw es getan hätte – Rose hätte wie Boadicea ausgesehen[3] – sah sie dumm und verlegen aus, und zierte sich wie ein Schulmädchen und trottete durch das Zimmer, schlurfte dahin wie ein geprügelter Straßenköter, und sah sich ein Bild an, einen Stich. Als ginge man auf eine Gesellschaft, um sich Bilder anzusehen! Alle wußten, aus welchem Grund sie das tat – aus Scham, aus Demütigung.

»Jetzt ist die Fliege in der Untertasse«, sagte sie zu sich selbst, »mittendrin, und kann nicht heraus, und die Milch«, dachte sie, unverwandt auf das Bild starrend, »verklebt ihr die Flügel.«

»Es ist so altmodisch«, sagte sie zu Charles Burt, zwang ihn stehenzubleiben (was er an und für sich haßte) auf seinem Weg, um sich mit jemand anderem zu unterhalten.

Sie meinte, oder versuchte sich einzureden, daß sie meinte, daß es das Bild war, und nicht ihr Kleid, das altmodisch war. Und ein Wort der Anerkennung, ein freundliches Wort von Charles hätte in diesem Augenblick für sie den ganzen Unterschied ausgemacht. Wenn er nur gesagt hätte, »Mabel, Sie sehen heute abend bezaubernd aus!«, hätte sich ihr ganzes Leben geändert. Aber dann hätte sie auch ehrlich und direkt sein müssen. Charles sagte natürlich nichts dergleichen. Er war die personifizierte Bosheit. Er durchschaute einen immer, vor allem, wenn man sich besonders erbärmlich, schäbig oder dümmlich vorkam.

»Mabel hat ein neues Kleid!« sagte er, und die arme Fliege wurde brutal in die Mitte der Untertasse geschubst. Wirklich, er würde sie gerne ertrinken sehen, glaubte sie. Er hatte kein Herz, keine echte, grundlegende Güte, nur einen Firnis von Freundlichkeit. Miss Milan war bedeutend realer, bedeutend gütiger. Wenn man das doch nur fühlen und sich immer daran halten könnte. »Wieso?« fragte sie sich – während sie Charles eine viel zu schnippische Antwort gab, ihn merken ließ, daß sie mißgestimmt war, oder »griesgrämig« wie er es nannte (»Wohl etwas griesgrämig?« sagte er und ging weiter, um dort drüben mit einer Frau über sie zu lachen) – »Wieso?« fragte sie sich selbst, »kann ich nicht immer eine Sache fühlen, ganz sicher fühlen, daß Miss Milan recht hat, und Charles unrecht, und mich daran halten, sicher sein in bezug auf den Kanarienvogel und das Mitleid und die Liebe und nicht in einer Sekunde um und um gepeitscht werden, nur weil ich in ein Zimmer voller Leute komme?« Es war wieder ihr verhaßter, schwacher, wankender Charakter, der sie im kritischen Moment immer im Stich ließ und nicht ernsthaft interessiert war an Conchologie, Etymologie, Botanik, Archäologie, Kartoffeln aufzuschneiden und zu beobachten, wie sie Früchte ansetzten, wie Mary Dennis, wie Violet Searle.

Dann sah Mrs Holman sie da stehen und stürzte sich auf sie. Natürlich war etwas wie ein Kleid für Mrs Holman nicht weiter beachtenswert, fiel ihre Familie doch ständig die Treppe herunter oder hatte Scharlach. Konnte Mabel ihr vielleicht sagen, ob Elmthorpe je im August und September vermietet wurde? Oh, es war eine Unterhaltung, die sie unsäglich langweilte! – es machte sie wütend, wie ein Häusermakler oder ein Botenjunge behandelt zu werden, benutzt zu werden. Keinen Wert zu haben, das war es, dachte sie, während sie versuchte, sich an etwas Festes zu halten, etwas Reales, während sie

versuchte, vernünftige Antworten über das Bade-
zimmer und die Südlage und das heiße Wasser bis in
den obersten Stock des Hauses zu geben; und die
ganze Zeit über konnte sie kleine Stücke ihres gelben
Kleides in dem runden Spiegel sehen, der sie alle
zur Größe von Stiefelknöpfen oder Kaulquappen
schrumpfte; und es war erstaunlich zu denken, wieviel Demütigung und Qual und Selbstverachtung
und Mühe und leidenschaftliche Höhen und Tiefen
der Gefühle in einem Ding von der Größe eines
Dreipennystücks enthalten waren. Und was noch
merkwürdiger war, dieses Ding, diese Mabel Waring, war abgesondert, war losgelöst; und obwohl
Mrs Holman (der schwarze Knopf) sich vorbeugte
und ihr erzählte, wie ihr ältester Junge sich beim
Laufen das Herz überanstrengt hatte, konnte sie
auch sie sehen, ebenfalls losgelöst im Spiegel, und es
war unmöglich, daß der schwarze Punkt, der sich
vorbeugte, gestikulierte, den gelben Punkt, der ein-
sam da saß, auf sich selbst beschränkt, dazu bringen
konnte zu fühlen, was der schwarze Punkt fühlte,
und doch taten sie so.

»Einfach unmöglich, Jungen ruhig zu halten« –
das war die Art von Bemerkung, die man von sich
gab.

Und Mrs Holman, die nie genug Mitgefühl bekommen konnte und nach dem bißchen, das es gab,
gierig schnappte, als wäre es ihr Recht (aber sie ver-

diente viel mehr, denn da war ihr kleines Mädchen, das heute morgen mit einem geschwollenen Kniegelenk heruntergekommen war), nahm das klägliche Almosen und begutachtete es mißtrauisch, mißmutig, als wäre es ein halber Penny, wo es doch ein Pfund hätte sein müssen, und steckte es weg in ihre Börse, mußte sich damit zufriedengeben, knauserig und knickerig wie es war, die Zeiten waren hart, so hart; und redete weiter, die knarrende, beleidigte Mrs Holman, über das Mädchen mit den geschwollenen Gelenken. Ah, es war tragisch, diese Gier, dieses Wehklagen menschlicher Wesen, wie eine Reihe von Kormoranen, die bellten und mitleidheischend mit den Flügeln schlugen – es war tragisch, hätte man es fühlen können und nicht nur so getan, als fühle man es!

Aber in ihrem gelben Kleid konnte sie heute abend keinen weiteren Tropfen aus sich herauswringen; sie wollte alles, alles für sich selbst. Sie wußte (sie konnte nicht aufhören, in den Spiegel zu sehen, tauchte ein in diesen schrecklich verräterischen blauen Tümpel), daß sie verdammt war, verachtet, so zurückgelassen in einem toten Wasserarm, weil sie so war, eine schwache, wankende Kreatur; und es schien ihr, als sei das gelbe Kleid eine Strafe, die sie verdient hatte, und wenn sie wie Rose Shaw gekleidet gewesen wäre, in herrlichem, eng anliegendem Grün mit einem Hauch von Schwanenfeder, hätte sie eben das verdient; und sie dachte, daß es kein Entkommen für sie gäbe – überhaupt keines. Aber es war schließlich nicht nur ihr Fehler, nicht allein. Es lag auch daran, daß sie aus einer zehnköpfigen Familie stammte; nie genug Geld da war, immer geknausert und gespart werden mußte; und ihre Mutter schleppte große Konservendosen, und das Linoleum auf der Treppe war an den Kanten zerschlissen, und eine banale häusliche Tragödie nach der anderen – nichts Katastrophales, die Schafzucht ein Mißerfolg, aber kein totaler; ihr ältester Bruder unter seinem Niveau verheiratet, aber nicht viel – es gab keine Romanzen, nichts Extremes, bei ihnen allen. Ihr Leben zerrann in allen Ehren in Badeorten am Meer; in jedem Seebad schlief auch jetzt eine ihrer Tanten in irgendeinem Logis, dessen Vorderfenster nicht so ganz aufs Meer hinausgingen. Das war so typisch für sie – immer mußten sie auf die Dinge schielen. Und sie hatte es genauso gemacht – sie war genau wie ihre Tanten. Trotz all ihrer Träume vom Leben in Indien, verheiratet mit einem Helden wie Sir Henry Lawrence, einem Empirearchitekten (immer noch machte der Anblick eines turbantragenden Eingeborenen sie sentimental), hatte sie gänzlich versagt. Sie hatte Hubert geheiratet, mit seinem sicheren, untergeordneten Dauerposten beim Gericht, und sie kamen einigermaßen zurecht in ihrem eher kleinen Haus, ohne richtiges Personal, und

Hackfleisch wenn sie allein war, oder einfach nur Brot und Butter, aber ab und zu – Mrs Holman verzog sich, hielt sie für den vertrocknetsten, fühllosesten Klotz, dem sie je begegnet war, dazu noch völlig absurd angezogen, und würde jedem von Mabels wunderlichem Aussehen erzählen – ab und zu dachte Mabel Waring, allein gelassen auf dem blauen Sofa, das Kissen aufschüttelnd, um beschäftigt auszusehen, denn auf gar keinen Fall würde sie zu Charles Burt und Rose Shaw gehen, die wie zwei Elstern schwatzten und vor dem Kamin vielleicht über sie lachten – ab und zu kamen bezaubernde Augenblicke zu ihr, zum Beispiel neulich nachts, als sie im Bett gelesen hatte, oder am Meer im Sand in der Sonne, Ostern – wie war das noch einmal gewesen? – ein großes Büschel blassen Strandgrases, das verdreht wie eine Garbe von Speeren vor dem Himmel stand, der blau war wie ein glattes Porzellanei, so fest, so hart, und dann die Melodie der Wellen – ›Schsch – schsch‹ sagten sie, und die Rufe der Kinder beim Planschen – ja, es war ein göttlicher Augenblick, und sie lag da, fühlte sie, in der Hand der Göttin, die die Welt war; eine eher hartherzige, aber sehr schöne Göttin, ein kleines Lämmchen auf dem Altar (man dachte solche Dummheiten und es spielte keine Rolle, solange man sie nie aussprach). Und auch mit Hubert hatte sie manchmal ganz unerwartet – wenn sie den Hammel für das Sonntagsessen schnitt, aus keinem Grund, einen Brief öffnete, in ein Zimmer kam – göttliche Augenblicke, in denen sie zu sich selbst sagte (denn sie würde dies nie zu irgend jemand sonst sagen), ›Das ist es. Das ist geschehen. Das ist es!‹ Und anders herum war es gleichermaßen überraschend – das heißt, wenn alles vorbereitet war – Musik, Wetter, Ferien, jeder Grund zum Glücklichsein war da – und dann geschah nichts, gar nichts. Man war nicht glücklich. Es war fad, einfach fad, das war alles.

Ihr elendes Selbst schon wieder, ohne Frage! Sie war immer eine überbesorgte, schwache, ungenügende Mutter gewesen, eine unbestimmte Ehefrau, die in einer Art Dämmerexistenz umhertaumelte ohne etwas sehr Klares oder sehr Kühnes oder mehr das eine als das andere, wie all ihre Brüder und Schwestern, mit Ausnahme von Herbert vielleicht – sie alle waren die gleichen armen wasserblütigen Kreaturen, die nichts taten. Und dann, mitten in diesem kriechenden, krabbelnden Leben, war sie plötzlich auf der Schaumkrone einer Welle. Die elende Fliege – wo hatte sie die Geschichte, die ihr nicht aus dem Kopf ging, über die Fliege und die Untertasse, bloß gelesen? – kämpfte sich heraus. Ja, sie hatte diese Momente. Aber jetzt, wo sie vierzig war, kamen sie vielleicht immer seltener. Ganz allmählich würde sie aufhören weiterzukämpfen. Aber das war bedauernswert! Das war unerträglich! Da mußte sie sich ja über sich selbst schämen!

Morgen würde sie in die Londoner Stadtbibliothek gehen. Sie würde ein wunderbares, hilfreiches, erstaunliches Buch finden, rein zufällig, ein Buch von einem Geistlichen, von einem Amerikaner, von dem niemand je gehört hatte; oder sie würde den Strand entlanggehen und zufällig in eine Halle hineingeraten, in der ein Bergarbeiter vom Leben unter Tage erzählte, und plötzlich würde sie ein neuer Mensch werden. Sie würde völlig verändert sein. Sie würde eine Uniform tragen; sie würde Schwester Soundso genannt werden; sie würde nie wieder einen Gedanken an Kleider verschwenden. Und von dem Augenblick an würde sie immer absolute Klarheit haben über Charles Burt und Miss Milan und dieses Zimmer und jenes Zimmer; und es würde immer, Tag für Tag, so sein, als liege sie in der Sonne oder als schneide sie den Hammel. Das würde es sein!

So stand sie von dem blauen Sofa auf, und der gelbe Knopf im Spiegel stand ebenfalls auf, und sie winkte Charles und Rose zu, um ihnen zu zeigen, daß sie nicht die Spur auf sie angewiesen war, und der gelbe Knopf bewegte sich aus dem Spiegel heraus, und alle Speere sammelten sich in ihrer Brust, als sie zu Mrs Dalloway ging und sagte, »Gute Nacht.«

»Aber es ist zu früh, um zu gehen«, sagte Mrs Dalloway, die immer so charmant war.

»Tut mir leid, aber ich muß«, sagte Mabel Waring. »Aber«, fügte sie mit ihrer schwachen, zittrigen Stimme hinzu, die nur lächerlich klang, wenn sie versuchte, ihr mehr Festigkeit zu geben, »es hat mir ausgezeichnet gefallen.«

# DIE DAME IM SPIEGEL:
# EINE REFLEXION

Die Leute sollten keine Spiegel in ihren Zimmern hängen lassen, genausowenig wie sie offene Scheckbücher liegen lassen sollten oder Briefe, in denen ein gräßliches Verbrechen gestanden wird. Man konnte nicht anders, an jenem Sommernachmittag, als in den langen Spiegel zu blicken, der draußen im Flur hing. Der Zufall hatte es so arrangiert. Von den Tiefen des Sofas im Salon konnte man in dem italienischen Spiegel nicht nur das Tischchen mit der Marmorplatte gegenüber widergespiegelt sehen, sondern auch ein Stück des Gartens dahinter. Man konnte einen langen Graspfad sehen, der zwischen Wällen hoher Blumen hindurchführte, bis der Goldrand ihn, einen Winkel wegschnipselnd, abschnitt.

Das Haus war leer, und da man die einzige Person im Salon war, kam man sich vor wie einer von jenen Naturfreunden, die zugedeckt von Gras und Blättern auf der Erde liegen und die scheuesten Tiere – Dachse, Ottern, Eisvögel – dabei beobachten, wie sie sich frei bewegen, sie selbst ungesehen. Das Zimmer war an jenem Nachmittag voll von solch scheuen

Wesen, Lichtern und Schatten, wehenden Vorhängen, fallenden Blütenblättern – Dingen, die nie geschehen, wie es scheint, wenn jemand hinsieht. Das stille alte ländliche Zimmer mit seinen Läufern und steinernen Kaminsimsen, seinen durchhängenden Bücherschränken und rot und goldenen Lackschränkchen war voll solcher nächtlicher Wesen. Sie kamen pirouettendrehend über den Boden, traten zierlich mit hochgelüpften Füßen und ausgebreiteten Schwänzen auf und pickten mit anspielerischen Schnäbeln, als seien sie Kraniche, oder Scharen eleganter Flamingos, deren Rosa verblaßt war, oder Pfaue, deren Schwanzfedern silbrig geädert waren. Und es gab auch obskure Tönungen und Verdunkelungen, als hätte ein Kuttelfisch die Luft plötzlich mit Purpur durchtränkt; und das Zimmer hatte seine Leidenschaften und Wutausbrüche und Eifersüchte und Kümmernisse, die über es kamen und es umwölkten, wie ein menschliches Wesen. Nichts blieb zwei Sekunden hintereinander gleich.

Aber, draußen, reflektierte der Spiegel das Flurtischchen, die Sonnenblumen, den Gartenpfad so genau und so starr, daß sie dort in ihrer Realität unentrinnbar festgehalten schienen. Es war ein merkwürdiger Gegensatz – hier alles Veränderung, dort alles Ruhe. Man konnte nicht anders als von einem zum anderen zu blicken. Währenddessen gab es, da alle Türen und Fenster in der Hitze offenstanden, ein fortwährendes seufzendes und innehaltendes Geräusch, die Stimme des Flüchtigen und des Vergänglichen, so schien es, die wie Atem kam und ging, während im Spiegel die Dinge aufgehört hatten zu atmen und still lagen in der Trance der Unsterblichkeit.

Vor einer halben Stunde war die Herrin des Hauses, Isabella Tysan, den Graspfad in ihrem dünnen Sommerkleid hinuntergegangen, einen Korb in der Hand, und war verschwunden, weggeschnipselt vom goldenen Rand des Spiegels. Sie war vermutlich in den unteren Teil des Gartens gegangen, um Blumen zu pflücken; oder, was anzunehmen natürlicher schien, um etwas Leichtes und Phantastisches und Blättriges und Rankendes zu pflücken, Waldreben, oder einen jener eleganten Windenschößlinge, die sich um häßliche Mauern schlingen und hier und da in weiße und violette Blüten zerbersten. Sie ließ einen eher an das Phantastische und an die bebende Winde denken als an die aufrechte Aster, die gestärkte Zinnie, oder ihre eigenen brennenden Rosen, hell leuchtend wie Lampen an den geraden Masten ihrer Rosenbäumchen. Der Vergleich zeigte, wie überaus wenig man nach all diesen Jahren von ihr wußte; denn es ist unmöglich, daß eine Frau aus Fleisch und Blut von fünfundfünfzig oder sechzig tatsächlich eine Girlande oder eine Ranke sein sollte. Solche Vergleiche sind schlimmer als müßig und oberflächlich – sie sind sogar grausam, denn sie kommen wie die Winde selbst bebend zwischen unsere Augen und die Wahrheit. Es muß Wahrheit geben; es muß eine Mauer geben. Und doch war es merkwürdig, daß man, nachdem man sie all diese Jahre kannte, nicht sagen konnte, was die Wahrheit über Isabella war; man erfand immer noch Sätze wie diesen über Winden und Waldreben. Was die Tatsachen anging, so war es eine Tatsache, daß sie unverheiratet war; daß sie reich war; daß sie dieses Haus gekauft und eigenhändig – oftmals in den obskursten Ecken der Welt und bei großer Gefahr von giftigen Stichen und fernöstlichsten Krankheiten – die Läufer, die Stühle, die Schränkchen gesammelt hatte, die jetzt vor den eigenen Augen ihr nächtliches Leben lebten. Manchmal schien es, als wüßten sie mehr über sie als wir, die wir auf ihnen saßen, an ihnen schrieben, und so vorsichtig über sie gingen, wissen durften. In jedem dieser Schränkchen gab es viele kleine Schubladen, und jede enthielt fast sicher Briefe, mit Schleifen zusammengebunden, bestreut mit Lavendelzweigen oder Rosenblättern. Denn es war eine weitere Tatsache – falls Tatsachen das waren, was man wollte – daß Isabella viele Menschen gekannt hatte, viele Freunde gehabt hatte; und so würde man, falls man die Kühnheit besäße, eine Schublade zu öffnen und ihre Briefe zu lesen, die Spuren von vielen Erschütterungen finden, von Verabredungen, sich zu treffen, von Vorhaltungen, weil man sich nicht getroffen hatte, lange Briefe der Vertrautheit und der Zuneigung, ungestüme Briefe der Eifersucht und des Vorwurfs, schreckliche letzte Worte der Trennung – denn all diese Zusammenkünfte und Verabredungen hatten zu nichts geführt – das heißt, sie hatte nie geheiratet, und doch war sie, nach der maskenhaften Gleichmütigkeit ihres Gesichts zu urteilen, durch zwanzigmal mehr Leidenschaft und Erfahrung gegangen als jene, deren Lieben hinaustrompetet werden, damit die ganze Welt sie hört. Unter dem Druck des Nachdenkens über Isabella wurde ihr Zimmer schattiger und symbolischer; die Ecken schienen dunkler, die Beine von Stühlen und Tischen spindeliger und hieroglyphischer.

Plötzlich wurden diese Reflexionen gewaltsam und doch ohne ein Geräusch beendet. Eine große schwarze Gestalt wurde im Spiegel sichtbar; wischte alles aus, bestreute den Tisch mit einem Packen marmorner, rosa und grau geäderter Täfelchen, und war verschwunden. Aber das Bild war vollständig verändert. Für den Augenblick war es unerkennbar und irrational und gänzlich unscharf. Man konnte diese Täfelchen nicht mit einem menschlichen Zweck in Verbindung bringen. Und dann machte sich Schritt für Schritt ein logischer Prozeß an die Arbeit und fing an, sie zu ordnen und zu arrangieren und sie in den Pferch allgemeiner Erfahrung hineinzubringen. Man erkannte schließlich, daß es nur Briefe waren. Der Mann hatte die Post gebracht.

Dort lagen sie auf dem Tischchen mit der Marmorplatte, zu Anfang alle triefend vor Licht und Farbe, und roh und uneinbezogen. Und dann war es seltsam zu sehen, wie sie hineingezogen wurden und arrangiert und komponiert und zu einem Teil des Bildes gemacht, und ihnen jene Ruhe und Unsterblichkeit gewährt wurde, die der Spiegel verlieh. Sie lagen da, ausgestattet mit einer neuen Realität und Bedeutung, und auch mit einer größeren Schwere, als hätte es einen Meißel gebraucht, sie vom Tischchen zu lösen. Und, ob es nun Einbildung war oder nicht, sie schienen mehr geworden zu sein als bloß eine Handvoll belangloser Briefe, sondern Täfelchen zu sein, in die ewige Wahrheit eingegraben war – wenn man sie lesen könnte, wüßte man alles, was es über Isabella zu wissen gab, ja, und über das Leben auch. Die Seiten in diesen marmorn aussehenden Umschlägen mußten mit Bedeutung tief eingeschnitten und dick eingekerbt sein. Isabella würde hereinkommen, und sie nehmen, einen nach dem anderen, sehr langsam, und sie öffnen, und sie sorgfältig lesen, Wort für Wort, und dann, mit einem tiefen Seufzer des Verstehens, als hätte sie auf den Grund von allem gesehen, würde sie die Umschläge in kleine Fetzen zerreißen und die Briefe zusammenbinden und die Schrankschublade verschließen in ihrer Entschlossenheit, das zu verbergen, von dem sie nicht wollte, daß es bekannt wurde.

Der Gedanke diente als eine Herausforderung. Isabella wollte nicht gekannt sein – aber sie konnte nicht länger entkommen. Es war absurd, es war ungeheuerlich. Wenn sie so viel verbarg und so viel wußte, mußte man sie mit dem ersten Werkzeug aufbrechen, das einem zur Hand kam – der Phantasie. Man mußte seinen Geist in genau diesem Augenblick auf sie richten. Man mußte sie dort festhalten. Man mußte sich weigern, sich weiterhin hinhalten zu lassen von Gerede und Getue der Art, wie der Augenblick es ergab – von Abendessen und Besuchen und höflichen Unterhaltungen. Man mußte in ihre Schuhe schlüpfen. Wenn man die Wendung wörtlich nahm, war es einfach, die Schuhe zu sehen, in denen sie stand, unten im unteren Teil des Gartens, in diesem Augenblick. Sie waren sehr schmal und lang und elegant – sie waren aus dem weichsten und schmiegsamsten Leder gemacht. Wie alles, was sie trug, waren sie exquisit. Und sie stand gewiß unter der hohen Hecke im unteren Teil des Gartens, hob die Schere, die an ihrer Taille festgebunden war, um eine welke Blume abzuschneiden, einen überwuchernden Zweig. Die Sonne schien grell in ihr Gesicht, in ihre Augen; aber nein, im entscheidenden Augenblick bedeckte ein Wolkenschleier die

Sonne, machte den Ausdruck ihrer Augen zweifel-
haft – war er spöttisch oder zärtlich, strahlend oder
dumpf? Man konnte nur den unbestimmten Umriß
ihres ziemlich verblaßten, schöngeschnittenen Gesichts sehen, wie es zum Himmel hinaufsah. Sie
dachte, vielleicht, daß sie ein neues Netz für die Erd-
beeren bestellen müßte; daß sie Johnsons Witwe
Blumen schicken müßte; daß es Zeit wäre, daß sie
zu den Hippseleys hinüberführe und sie in ihrem
neuen Haus besuchte. Das waren auf jeden Fall die
Dinge, über die sie beim Essen redete. Aber man
hatte genug von den Dingen, über die sie beim Essen
redete. Es war ein tieferer Zustand des Seins, den
man einfangen und in Worte wandeln wollte, der
Zustand, der für den Geist das ist, was Atmen für
den Körper ist, was man Glück oder Unglück nennt.
Bei der Erwähnung dieser Worte wurde offensichtlich, daß sie, ganz gewiß, glücklich sein mußte. Sie
war reich; sie war distinguiert; sie hatte viele
Freunde; sie reiste – sie kaufte Teppiche in der Tür-
kei und blaue Töpfe in Persien. Alleen des Vergnü-
gens strahlen hierhin und dorthin aus von der Stelle,
an der sie mit ihrer Schere stand, die sie gehoben
hatte, um die zitternden Zweige zu schneiden, während Wolken aus Spitze ihr Gesicht verschleierten.

Hier, mit einer schnellen Bewegung der Schere,
schnipste sie die Ranke der Waldrebe ab, und sie fiel
zu Boden. Während sie fiel, kam sicher auch etwas

Licht hinzu, konnte man sicher etwas tiefer in ihr Sein eindringen. Ihr Geist war in diesem Augenblick voll von Zärtlichkeit und Bedauern ... Einen überwuchernden Zweig abzuschneiden, machte sie traurig, weil er einmal gelebt hatte, und das Leben war ihr lieb. Ja, und gleichzeitig würde das Fallen des Zweigs ihr zu verstehen geben, wie sie selbst sterben mußte, und die ganze Vergeblichkeit und Vergänglichkeit der Dinge. Und dann wieder fing sie diesen Gedanken schnell auf, mit ihrem augenblicklichen gesunden Menschenverstand, und sie dachte, daß das Leben gut zu ihr gewesen war; selbst wenn sie fallen mußte, dann um auf der Erde zu liegen und süß in die Wurzeln von Veilchen einzumodern. So stand sie und dachte. Ohne einen Gedanken präzise zu machen – denn sie gehörte zu jenen störrischen Menschen, deren Geist ihre Gedanken in Wolken des Schweigens eingehüllt hält – war sie erfüllt von Gedanken. Ihr Geist war wie ihr Zimmer, in dem Lichter vordrangen und sich zurückzogen; pirouettendrehend und zierlich auftretend kamen, ihre Schwänze breiteten, ihren Weg pickten; und dann war ihr ganzes Sein durchdrungen, wieder wie das Zimmer, von einer Wolke irgendeines tiefen Wissens, irgendeines unausgesprochenen Bedauerns, und dann war sie voll von verschlossenen Schubladen, vollgestopft mit Briefen, wie ihre Schränkchen. Davon zu sprechen, sie »aufzubrechen«, als wäre sie eine Auster, selbst die feinsten und genauesten und biegsamsten Werkzeuge an ihr anzuwenden, war gottlos und absurd. Man mußte sich vorstellen – hier war sie im Spiegel. Man schrak richtig zusammen.

Zuerst war sie so weit entfernt, daß man sie nicht deutlich sehen konnte. Sie kam zögernd und innehaltend, richtete hier eine Rose, hob dort eine Nelke, um an ihr zu riechen, aber sie blieb nicht stehen; und die ganze Zeit wurde sie größer und größer im Spiegel, mehr und mehr vollständig die Person, in deren Geist man versucht hatte einzudringen. Man prüfte Schritt um Schritt ihre Richtigkeit – paßte die Qualitäten, die man entdeckt hatte, an diesen sichtbaren Körper an. Da waren ihr graugrünes Kleid, und ihre langen Schuhe, ihr Korb, und etwas Glitzerndes an ihrem Hals. Sie kam so allmählich, daß sie das Muster im Spiegel nicht in Unordnung zu bringen, sondern nur ein neues Element hineinzubringen schien, das sich sanft bewegte und die anderen Gegenstände veränderte, als bitte sie, in aller Höflichkeit, ihr Platz zu machen. Und die Briefe und das Tischchen und der Grasweg und die Sonnenblumen, die im Spiegel gewartet hatten, teilten und öffneten sich, so daß sie unter ihnen aufgenommen werden konnte. Zu guter Letzt war sie da, im Flur. Sie blieb wie angewurzelt stehen. Sie stand am Tischchen. Sie stand völlig still. Sofort fing der Spiegel an, ein Licht über sie zu gießen, das sie zu fixieren schien; das wie eine Säure das Unwesentliche und das Oberflächliche wegzufressen schien und nur die Wahrheit zurückließ. Es war: ein faszinierendes Spektakel. Alles fiel von ihr ab – Wolken, Kleid, Korb, Diamant – alles was man die Ranke und die Winde genannt hatte. Hier war die harte Mauer darunter. Hier war die Frau selbst. Sie stand nackt in jenem mitleidlosen Licht. Und da war nichts. Isabella war vollkommen leer. Sie hatte keine Gedanken. Sie hatte keine Freunde. Sie hatte für niemanden etwas übrig. Und was die Briefe anging, es waren alles Rechnungen. Sieh nur, wie sie da stand, alt und kantig, geädert und faltig, mit ihrer hohen Nase und ihrem runzeligen Hals, machte sie sich nicht einmal die Mühe, sie zu öffnen.

Die Leute sollten keine Spiegel in ihren Zimmern hängen lassen.

# LAPPIN UND LAPINOVA

Sie waren getraut. Der Hochzeitsmarsch verklang. Die Tauben flatterten. Kleine Jungen in Eton-Blazern warfen Reis; ein Foxterrier trottete über den Weg; und Ernest Thorburn führte seine Braut zum Wagen, mitten durch die kleine neugierige Schar völlig fremder Menschen, die sich in London immer findet, um sich am Glück oder Unglück anderer Leute zu erfreuen. Zweifellos sah er gut aus und sie schüchtern. Mehr Reis wurde geworfen, und der Wagen fuhr davon.

Das war am Dienstag. Jetzt war Samstag. Rosalind mußte sich erst noch daran gewöhnen, daß sie Mrs Ernest Thorburn war. Vielleicht würde sie sich nie daran gewöhnen, Mrs Ernest Irgendwer zu sein, dachte sie, während sie im Erkerzimmer des Hotels am Fenster saß, über den See auf die Berge blickte und darauf wartete, daß ihr Mann zum Frühstück herunterkam. Ernest war ein Name, an den man sich nur schwer gewöhnen konnte. Es war nicht der Name, den sie sich ausgesucht hätte. Ihr wären Timothy, Antony oder Peter lieber gewesen. Er sah auch gar nicht aus wie Ernest. Der Name erinnerte an das Albert Memorial, an Mahagonibuffets, an Stahl-Stiche vom Prinzgemahl und seiner Familie – kurz, an das Eßzimmer ihrer Schwiegermutter in der Porchester Terrace.

Aber da war er ja. Gott sei Dank sah er nicht aus wie Ernest – oh nein. Aber wie dann? Sie sah ihn kurz von der Seite an. Also, wenn er Toast aß, sah er aus wie ein Kaninchen. Nicht daß man tatsächlich eine Ähnlichkeit hätte sehen können zwischen einem so winzigen scheuen Wesen und diesem adretten muskulösen jungen Mann mit der geraden Nase, den blauen Augen und dem entschlossenen Mund. Aber das machte die Sache nur noch interessanter. Seine Nase zuckte ein kleines bißchen, wenn er aß. Wie die Nase ihres Kaninchens. Sie beobachtete weiter, wie seine Nase zuckte; und als er sie dann dabei ertappte, wie sie ihn ansah, mußte sie erklären, warum sie lachte.

»Weil du wie ein Kaninchen bist, Ernest«, sagte sie. »Wie ein Wildkaninchen«, fügte sie hinzu und sah ihn an. »Ein Kaninchen auf der Jagd; ein Königskaninchen; ein Kaninchen, das Gesetze aufstellt für alle anderen Kaninchen.«

Ernest hatte nichts dagegen, diese Art von Kaninchen zu sein, und da sie es lustig fand, wenn seine Nase zuckte – er hatte nicht gewußt, daß seine Nase zuckte – ließ er sie absichtlich zucken. Und sie lachte und lachte; und er lachte auch, so daß die altjüngferlichen Damen und der Angler und der Schweizer Kellner in seinem schmierigen schwarzen Jacket es alle errieten; die beiden waren sehr glücklich. Aber wie lange dauert ein solches Glück? fragten sie sich, und ihre Antworten entsprachen den je eigenen Lebensumständen.

Zur Mittagszeit saß Rosalind auf einem Büschel Heidekraut am See und sagte: »Salat, Kaninchen?« Dabei hielt sie ihm die Salatblätter hin, die zu den harten Eiern gegessen werden sollten. »Komm, friß sie mir aus der Hand«, fügte sie hinzu, und er mümmelte den Salat und zuckte mit der Nase.

»Gutes Kaninchen, liebes Kaninchen«, sagte sie und streichelte ihn, wie sie zu Hause ihr zahmes Kaninchen immer gestreichelt hatte. Aber das war absurd. Er war kein zahmes Kaninchen, was er auch immer sonst sein mochte. Sie übersetzte es ins Französische. »Lapin« nannte sie ihn. Aber was er auch immer sonst sein mochte, ein französisches Kaninchen war er nicht. Er war durch und durch englisch – geboren in der Porchester Terrace, erzogen in Rugby; und jetzt Staatsbeamter in Diensten Seiner Majestät. Also versuchte sie es als nächstes mit »Häschen«, aber das ging erst recht nicht, Ein »Häschen« war ein rundlicher weicher komischer Mensch; er war dünn und hart und ernst. Und doch zuckte seine Nase. »Lappin«, rief sie plötzlich; und stieß einen kleinen Schrei aus, als hätte sie genau das Wort gefunden, nach den sie gesucht hatte.

»Lappin, Lappin, König Lappin«, wiederholte sie. Es schien genau auf ihn zu passen, er war nicht Ernest, er war König Lappin. Warum? Sie wußte es nicht.

Wenn es auf ihren langen einsamen Spaziergängen keinen neuen Gesprächsstoff mehr gab – und es regnete, wie alle warnend vorhergesagt hatten; oder wenn sie, weil es kalt war, abends am Kamin saßen, und die altjüngferlichen Damen fort waren und der Angler auch, und der Kellner nur kam, wenn man nach ihm klingelte, ließ sie ihrer Phantasie freien Lauf und erfand die Geschichte des Lappin-Stammes. Unter ihren Händen – während sie nähte und er las – wurden die Lappins sehr wirklich, sehr lebendig, sehr lustig. Ernest legte die Zeitung weg und half ihr. Es gab die schwarzen Kaninchen und die roten; es gab die feindlich und die freundlich gesinnten. Es gab den Wald, in dem sie lebten, und das umliegende Grasland und den Sumpf. Vor allem aber gab es König Lappin, der keineswegs nur die eine Eigenheit besaß, mit der Nase zu zucken, sondern der mit der Zeit zu einem höchst charaktervollen Tier wurde; Rosalind fand immer neue Qualitäten in ihm. Vor allem aber war er ein großer Jäger.

»Und was«, sagte Rosalind am letzten Tag ihrer Flitterwochen, »hat der König heute gemacht?« In

Wirklichkeit hatten sie eine lange Bergtour unternommen, und sie hatte eine Blase an der Ferse bekommen, aber das meinte sie nicht.

»Heute«, sagte Ernest und zuckte mit der Nase, während er das Ende seiner Zigarre abbiß, »hat er einen Hasen gejagt.« Er hielt inne; zündete ein Streichholz an und zuckte wieder.

»Eine Häsin«, fügte er hinzu.

»Eine weiße Häsin!« rief Rosalind aus, als hätte sie damit gerechnet. »Eine ziemlich kleine Häsin; silbergrau mit großen, hellen Augen?«

»Ja«, sagte Ernest und sah sie so an, wie sie ihn angesehen hatte, »ein eher kleines Tier; mit hervortretenden Augen und zwei herabhängenden Vorderpfoten.« Genau so saß sie da, mit ihrem Nähzeug, das von ihren Händen herabhing; und ihre Augen, die so groß und hell waren, standen zweifellos ein wenig hervor.

»Ach, Lapinova«, murmelte Rosalind.

»Heißt sie so?« fragte Ernest – »die echte Rosalind?« Er sah sie an. Er war sehr in sie verliebt.

»Ja; so heißt sie«, sagte Rosalind. »Lapinova.« Und bevor sie in dieser Nacht zu Bett gingen, war alles genau geregelt. Er war König Lappin; sie war Königin Lapinova. Sie waren das genaue Gegenteil voneinander; er war kühn und entschlossen; sie vorsichtig und unzuverlässig. Er herrschte über die geschäftige Welt der Kaninchen; ihre Welt war ein verlassener, geheimnisvoller Ort, den sie meist bei Mondschein durchstreifte. Trotzdem berührten sich ihre Reviere; sie waren König und Königin.

Als sie aus den Flitterwochen zurückkamen, besaßen sie also eine private Welt, in der bis auf den weißen Hasen nur Kaninchen wohnten. Niemand ahnte etwas von diesem Ort, und das machte das Ganze natürlich noch amüsanter. Das Gefühl, gegen den Rest der Welt verbündet zu sein, war bei ihnen noch ausgeprägter als bei den meisten jungverheirateten Paaren. Oft sahen sie sich heimlich an, wenn von Kaninchen und Wäldern und Fallen und vom Schießen die Rede war. Oder sie zwinkerten sich verstohlen über den Tisch zu, wenn Tante Mary sagte, sie könne keinen Hasen in einer Schüssel liegen sehen – er sehe aus wie ein Baby; oder wenn John, Ernests sportlicher Bruder, ihnen erzählte, welchen Preis Kaninchen diesen Herbst in Wiltshire erzielten, samt Fell und allem. Manchmal, wenn sie einen Wildhüter brauchten oder einen Wilddieb oder einen Gutsherrn, machten sie sich einen Spaß daraus, diese Rollen auf ihre Freunde zu verteilen. Ernests Mutter, Mrs Reginald Thorburn, paßte zum Beispiel hervorragend in die Rolle des Squire. Aber all das war geheim – das war das Entscheidende; niemand außer ihnen wußte von der Existenz dieser Welt.

Wie hätte sie ohne diese Welt, fragte sich Rosalind, diesen Winter überhaupt überstehen können? Da war zum Beispiel die goldene Hochzeit, zu der sich alle Thorburns in der Porchester Terrace zusammenfanden, um den fünfzigsten Jahrestag dieser Verbindung zu feiern, die so gesegnet gewesen war – hatte sie nicht Ernest Thorburn hervorgebracht? und so fruchtbar – hatte sie nicht neun weitere Söhne und Töchter obendrein hervorgebracht, von denen viele verheiratet und ebenfalls fruchtbar waren? Sie hatte Angst vor diesem Fest. Aber es war unausweichlich. Als sie nach oben ging, wurde ihr schmerzlich bewußt, daß sie ein Einzelkind und noch dazu eine Waise war; ein bloßer Tropfen unter all diesen Thorburns, die in dem großen Salon mit der glänzenden Satintapete und den schimmernden Familienporträts versammelt waren. Die lebenden Thorburns sahen den gemalten sehr ähnlich; nur daß sie statt gemalter Münder echte Münder hatten; aus denen Späße kamen; Späße aus der Schulzeit, wie sie der Hauslehrerin den Stuhl weggezogen hatten; Späße mit Fröschen, die sie unverheirateten Damen zwischen die jungfräulichen Laken gesteckt hatten. Was sie betraf, so hatte sie noch nicht einmal jemandem aus Spaß die Bettücher verknotet. Mit ihrem Geschenk in der Hand ging sie auf ihre Schwiegermutter zu, die in gelbem Satin prangte; und auf ihren Schwiegervater, der mit einer sattgelben Nelke dekoriert war. Überall auf den Tischen und Stühlen um sie herum lagen Achtungsbekundungen aus Gold; manche in Watte eingebettet; andere prächtig wuchernd – Kerzenleuchter; Zigarrenkisten; Ketten; jedes Teil vom Goldschmied mit einem Stempel für solides, echtes, auf den Feingehalt geprüftes Gold versehen. Sie aber hatte als Geschenk nur eine kleine Büchse aus Tombak, in die Löcher gebohrt waren; einen alten Sandstreuer, ein Relikt aus dem 18. Jahrhundert, das man einst benutzte, um Sand auf die nasse Tinte zu streuen. Ein ziemlich sinnloses Geschenk, fand sie – im Zeitalter des Löschpapiers; und als sie es überreichte, sah sie die schwarze Stummelschrift vor sich, in der ihre Schwiegermutter zu ihrer Verlobung der Hoffnung Ausdruck verliehen hatte, »Daß mein Sohn dich glücklich machen wird«. Nein, sie war nicht glücklich. Kein bißchen glücklich. Sie sah Ernest an, der strack wie ein Ladestock dastand, mit einer Nase, die aussah wie alle Nasen auf den Familienporträts; einer Nase, die überhaupt nie zuckte.

Dann gingen sie hinunter zum Dinner. Sie saß halb verdeckt hinter den großen Chrysanthemen, die ihre rot-goldenen Blütenblätter zu großen festen Kugeln rollten. Alles war golden. Eine goldumränderte Karte mit verschlungenen goldenen Initialen rezitierte die Liste aller Gänge, die sie nacheinander vorgesetzt bekommen würden. Sie tauchte ihren Löffel in einen Teller mit einer klaren goldenen Flüssigkeit. Der naßkalte weiße Nebel draußen war von den Lampen in ein Goldgeflecht verwandelt worden, das die Tellerränder verschwimmen ließ und den Ananasfrüchten eine rauhe goldene Schale verlieh. Nur sie selbst, die in ihrem weißen Hochzeitskleid mit ihren vorstehenden Augen vor sich hin spähte, schien unauflösbar wie ein Eiszapfen zu sein.

Im Laufe des Dinners jedoch wurde der Raum dampfig heiß. Schweißperlen standen den Männern auf der Stirn. Sie fühlte, wie ihr Eiszapfen sich in Wasser verwandelte. Sie zerschmolz; zerstob; löste sich auf in nichts; und würde bald ohnmächtig werden. Da hörte sie durch das Wogen in ihrem Kopf und das Getöse in ihren Ohren eine Frauenstimme rufen, »Aber sie vermehren sich so!«

Die Thorburns – ja; sie vermehren sich so, sprach sie nach; und betrachtete all die runden roten Gesichter, die sich in dem Schwindel, der sie überkam, verdoppelt zu haben schienen; und vergrößert, in dem goldenen Nebel, der sie mit einem Strahlenkranz umgab. »Sie vermehren sich so!« Da brüllte John:

»Die Teufelsbrut! ... Totschießen sollte man die! Mit den Stiefeln zertrampeln! Anders wird man mit denen nicht fertig ... Kaninchen!«

Bei diesem Wort, diesem magischen Wort, kam wieder Leben in sie. Sie lugte durch die Chrysanthemen und sah Ernests Nase zucken. Sie kräuselte sich, sie zuckte mehrmals hintereinander. Und da brach eine geheimnisvolle Katastrophe über die Thorburns herein. Die goldene Tafel wurde zu einem Moor, wo der Stechginster in voller Blüte stand; das Stimmengewirr verwandelte sich in ein einziges schallendes Juxgelächter, das vom Himmel herabtönte. Es war ein blauer Himmel – die Wolken zogen langsam dahin. Und sie waren alle verwandelt – die Thorburns. Sie sah ihren Schwiegervater an, einen heimlichtuerischen kleinen Mann mit gefärbtem Schnurrbart. Er hatte eine Schwäche fürs Sammeln – Siegel, Emailledosen, Kleinigkeiten von Toilettentischen aus dem 18. Jahrhundert, die er in den Schubladen seines Arbeitszimmers vor seiner Frau versteckte. Jetzt sah sie ihn wie er war – ein Wilddieb, der sich davonstahl, den Mantel prall gefüllt mit Fasanen und Rebhühnern, die er heimlich in seiner verrauchten kleinen Hütte in einen dreifüßigen Topf fallen ließ. Das war ihr wirklicher Schwiegervater – ein Wilddieb. Und Celia, die unverheiratete Tochter, die immer die Geheimnisse anderer Menschen herausschnüffelte, die kleinen Dinge, die sie verbergen wollten – sie war ein weißes Frettchen mit rosa Augen und einer Nase, die von ihren schrecklichen Schnüffeltouren unter Tage erdverkrustet war. In einem Netz von Männerschultern herabbaumeln und in ein Loch hinabgestoßen werden – es war ein bedauernswertes Leben – Celias

Leben; es war nicht ihre Schuld. So sah sie Celia. Und dann sah sie ihre Schwiegermutter an – die sie den Squire getauft hatten. Rot, derb, ein Tyrann – sie war all das, wie sie so stand und sich bedankte, aber als Rosalind – das heißt Lapinova – sie jetzt sah, sah sie den zerfallenen Familiensitz hinter ihr, den Putz, der von den Wänden blätterte, und hörte, wie sie mit einem Schluchzen in der Stimme ihren Kindern (die sie haßten) für eine Welt dankte, die nicht mehr existierte. Plötzlich wurde es still. Sie alle standen mit erhobenen Gläsern da; sie alle tranken; dann war es vorüber.

»Oh König Lappin!« rief sie, als sie zusammen im Nebel nach Hause fuhren, »wenn deine Nase nicht genau in dem Moment gezuckt hätte, hätte ich in der Falle gesessen!«

»Aber du bist in Sicherheit«, sagte König Lappin und drückte ihre Pfote.

»Völlig in Sicherheit«, antwortete sie.

Und sie fuhren zurück durch den Park, König und Königin des Sumpfs, des Nebels und des Moors, das nach Ginster duftete.

So verging die Zeit; ein Jahr; zwei Jahre. Und an einem Winterabend, der zufällig mit dem Jahrestag der goldenen Hochzeit zusammenfiel – aber Mrs Reginald Thorburn war tot; das Haus war zu vermieten; und es wohnte nur noch ein Hausmeister dort – kam Ernest aus dem Amt nach Hause. Sie hatten ein hübsches kleines Heim; die Hälfte eines Hauses über einer Sattlerei in South Kensington, nicht weit von der U-Bahn-Station. Es war kalt, die Luft war neblig und Rosalind saß am Kamin und nähte.

»Stell dir vor, was mir heute passiert ist«, begann sie, sobald er es sich bequem gemacht und die Beine vor dem Feuer ausgestreckt hatte. »Ich überquerte gerade den Bach, als –«

»Welchen Bach?« unterbrach sie Ernest.

»Den Bach unten, wo unser Wald an den schwarzen Wald grenzt«, erklärte sie.

Ernest sah sie einen Augenblick lang völlig verständnislos an.

»Wovon zum Teufel redest du?« fragte er.

»Aber Ernest!« rief sie bestürzt. »König Lappin«, fügte sie hinzu und ließ ihre kleinen Vorderpfoten im Schein des Feuers baumeln. Aber seine Nase zuckte nicht. Ihre Hände – sie wurden wieder zu Händen – hielten den Stoff umklammert; die Augen traten ihr halb aus dem Kopf. Er brauchte mindestens fünf Minuten, um sich von Ernest Thorburn in König Lappin zu verwandeln; und während sie wartete, fühlte sie etwas Schweres hinten im Genick, als wollte ihr es jemand brechen. Schließlich verwandelte er sich in König Lappin; seine Nase zuckte; und sie streiften den ganzen Abend durch die Wälder, ganz wie sonst auch.

Aber sie schlief schlecht. Mitten in der Nacht wachte sie mit dem Gefühl auf, daß ihr etwas Seltsames widerfahren sei. Sie war steif und fror. Schließlich machte sie Licht und sah Ernest an, der neben ihr lag. Er schlief fest. Er schnarchte. Aber obwohl er schnarchte, blieb seine Nase vollkommen ruhig. Sie sah aus, als hätte sie gar nie gezuckt. War es möglich, daß er wirklich Ernest war; und daß sie wirklich mit Ernest verheiratet war? Sie sah das Eßzimmer ihrer Schwiegermutter plötzlich vor sich; und dort saßen sie, sie und Ernest gealtert, unter den Stahlstichen, vor dem Buffet ... Es war ihr goldener Hochzeitstag. Sie konnte es nicht ertragen.

»Lappin, König Lappin!« flüsterte sie, und einen Augenblick lang schien seine Nase ganz von selbst zu zucken. Aber er schlief weiter. »Wach auf, Lappin, wach auf!« rief sie.

Ernest erwachte; und als er sie kerzengerade neben sich sitzen sah, fragte er: »Was ist los?«

»Ich hab gedacht, mein Kaninchen ist tot!« wimmerte sie. Ernest war wütend.

»Red nicht solchen Unsinn, Rosalind«, sagte er. »Leg dich hin und schlaf.«

Er drehte sich auf die andere Seite. Im nächsten Augenblick war er fest eingeschlafen und schnarchte.

Aber sie konnte nicht schlafen. Sie lag zusammengerollt auf ihrer Betthälfte, wie ein Hase in seinem Lager. Sie hatte das Licht ausgemacht, aber die Zimmerdecke wurde von der Straßenlaterne schwach beleuchtet und von den Bäumen draußen mit einem Spitzenmuster bedeckt, so als befände sich ein schattiges Wäldchen an der Decke, in dem sie umherwanderte, sich drehend und wendend, hinein und hinaus und rundherum, auf der Jagd und gejagt, das Hundegebell und die Hörner im Ohr; fliehend, flüchtend … bis das Dienstmädchen den Vorhang aufzog und den Morgentee brachte.

Am nächsten Tag konnte sie sich auf nichts konzentrieren. Sie schien etwas verloren zu haben. Sie fühlte sich, als wäre ihr Körper geschrumpft; er war klein geworden und schwarz und hart. Auch schienen ihre Gelenke steif zu sein, und als sie in den Spiegel schaute, was sie mehrmals tat, wenn sie in der Wohnung umherging, schienen ihr die Augen aus dem Kopf zu springen, wie die Rosinen in einem Rosinenbrötchen. Die Zimmer schienen ebenfalls geschrumpft zu sein. Große Möbelstücke standen in merkwürdigem Winkel hervor, und sie stieß sich immer wieder an ihnen. Schließlich setzte sie ihren Hut auf und ging hinaus. Sie ging die Cromwell Road entlang; und jedes Zimmer, an dem sie vorbeikam und in das sie spähte, schien ein Eßzimmer mit dicken gelben Spitzenvorhängen und Mahagonibuffets zu sein, in dem Menschen unter Stahlstichen beim Essen saßen. Endlich gelangte sie zum Naturkundemuseum; als Kind war sie dort immer gern gewesen. Aber das erste, was sie sah, als sie jetzt hineinging, war ein ausgestopfter Hase, der mit rosaroten Glasaugen auf Kunstschnee stand. Davon zitterte sie irgendwie am ganzen Körper. Vielleicht würde es besser werden, wenn es dunkelte. Sie ging nach Hause und setzte sich an den Kamin, ohne Licht, und versuchte sich vorzustellen, sie sei allein draußen in einem Moor; und ein Bach rausche vorbei; und jenseits des Baches sei ein dunkler Wald. Aber sie gelangte nicht über den Bach hinaus. Schließlich hockte sie sich ans Ufer auf das nasse Gras und saß zusammengekauert in ihrem Stuhl, die Hände baumelten leer und ihre Augen wirkten glasiert, wie Glasaugen, im Feuerschein. Dann krachte plötzlich ein Gewehr … Sie erschrak, als wäre sie erschossen worden. Es war nur Ernest, der den Schlüssel im Schloß umdrehte. Sie wartete zitternd. Er kam herein und schaltete das Licht an. Da stand er, groß und gutaussehend, und rieb sich die Hände, die vor Kälte rot waren.

»Du sitzt im Dunkeln?« sagte er.

»Ach Ernest, Ernest!« rief sie und sprang von ihrem Sessel auf.

»Was ist denn jetzt los?« fragte er energisch, während er sich die Hände am Feuer wärmte.

»Es ist wegen Lapinova …« stammelte sie und blickte ihn aus ihren großen erschrockenen Augen wild an. »Sie ist weg, Ernest, ich hab sie verloren!«

Ernest runzelte die Stirn. Er preßte die Lippen fest zusammen. »Ach, das ist es also?« sagte er und lächelte seine Frau ziemlich grimmig an. Zehn Sekunden lang stand er schweigend da; und sie wartete und fühlte, wie sich Hände immer fester in ihrem Genick schlossen.

»Ja«, sagte er schließlich. »Arme Lapinova ...« Er zog sich vor dem Spiegel über dem Kaminsims die Krawatte gerade.

»In die Falle gegangen«, sagte er, »getötet«, und setzte sich und las Zeitung.

Das also war das Ende dieser Ehe.

# ANMERKUNGEN

## Im Obstgarten (In the Orchard)

*Deutsch von Brigitte Walitzek*

In einem Brief an Katherine Arnold-Forster am 23. August 1922 erwähnt. Veröffentlicht in *Criterion*, April 1923, nachgedruckt in *Broom*, September 1923 und in *Books and Portraits* (1977). Unser Text folgt dem Erstdruck in *Criterion*.

## Mrs Dalloway in der Bond Street (Mrs Dalloway in Bond Street)

*Deutsch von Dieter E. Zimmer*

Die Erzählung wird erwähnt in Briefen und Tagebüchern zwischen dem 14. April und dem 28. August 1922. Am 6. Oktober skizzierte sie den Plan zu einem Buch, das ›At Home: or The Party‹ heißen und in dem ›Mrs Dalloway in Bond Street‹ das erste Kapitel sein sollte. Am 14. Oktober notierte sie, daß die Erzählung ›sich zu einem Buch ausgeweitet‹ habe. Am 4. Juni 1923 schickte sie die Erzählung an T. S. Eliot, den Herausgeber des *Criterion*, bemerkte aber, »Mrs Dalloway scheint mir nicht ›fertig‹ zu sein, so wie sie dasteht.« Die Erzählung wurde im Juli 1923 im *Dial* veröffentlicht und in *Mrs Dalloway's Party* (1973) nachgedruckt. Unser Text folgt dem Erstdruck in *Dial*.

1 Hier und auf den Seiten 19 und 25 erinnert sich Clarissa an Zeilen aus Strophe XL von Shelleys ›Adonais‹, einem Gedicht, das sie auch in *Die Fahrt hinaus* (1915) zitiert, wo Mrs Dalloway zum erstenmal auftritt:

   »From the contagion of the world's slow stain
   He is secure, and now can never mourn
   A heart grown cold, a head grown grey in vain ...«

2  Edward Fitzgerald, ›The Rubáiyát of Omar Khayyám‹.

3  Der Held in R. S. Surtees' Roman *Mr Sponge's Sporting
   Tour* (London 1853) wird von seinen »gutgelaunten Freun-
   den« »Seifenschwamm« genannt.

4  In der Erinnerung an Elizabeth Gaskells Roman *Cranford*
   (London 1853) bringt Clarissa den Namen, den die Kna-
   ben in Cranford dem ersten roten Seidenschirm, den sie
   sehen, geben (›ein Stock in Unterröcken‹) durcheinander
   mit Miss Betsy Barkers Kuh, die in grauem Flanell herum-
   läuft, nachdem ein Sturz in die Kalkgrube sie der Fellhaare
   beraubt hat.

5  Hier und auf S. 26 erinnert sich Clarissa an das Grablied
   aus Shakespeares *Cymbeline*, IV, ii.

6  Der amerikanische Künstler John Sargent (1856–1925)
   war berühmt für seine Porträts von Damen der Gesellschaft.

## Schwester Lugtons Vorhang (Nurse Lugton's Curtain)

*Deutsch von Brigitte Walitzek*

Wahrscheinlich im Herbst 1924 geschrieben, aus dem Ro-
man-Komplex *Mrs Dalloway*: die (titellose) Geschichte un-
terbricht die Szene, in der Septimus Warren Smith seiner
Frau Rezia zusieht, wie sie einen Hut für Mrs Filmers Tochter
näht. Die Transkription des handschriftlichen Entwurfs
wurde am 17. Juni 1965 in *Times Literary Supplement* und 1966
von der Hogarth Press (als ›Nurse Lugton's Golden Thim-
ble‹) veröffentlicht. Im Vorwort zur Hogarth Press-Ausgabe
schrieb Leonard Woolf, die Erzählung sei für Virginia Woolfs
Nichte, Ann Stephen, geschrieben worden, als sie ihre Tante
einmal auf dem Lande besuchte. Ein undatiertes Typoskript
mit handschriftlichen Verbesserungen und dem Titel ›Nurse
Lugton's Curtain‹ wurde kürzlich unter den Charleston

Papers in der King's College Library, Cambridge, entdeckt.
Unser Text folgt diesem Typoskript.

## Die Witwe und der Papagei: Eine wahre Geschichte (The Widow and the Parrot: A True Story)

*Deutsch von Brigitte Walitzek*

Die Erzählung ›erschien‹ zuerst in *The Charleston Bulletin*, einer Zeitung, die die Bell-Kinder in den zwanziger Jahren in Charleston (dem Landsitz der Familie) herausgaben. Die Erzählung erreichte ein größeres Publikum, als sie im Juli 1982 im *Redbook Magazine* und 1988 in der Hogarth Press mit Illustrationen von Julian Bell, einem Großneffen Virginia Woolfs, erschien. Unser Text folgt dem Typoskript, das handschriftliche Verbesserung aufweist.

Der Charakter einer ›wahren‹ Geschichte wird durch das Lokalkolorit unterstrichen: das Haus des Bruders der Witwe steht in der Nähe von Monks House in Rodmell, wohin die Woolfs im September 1919 gezogen waren. Der Reverend James Hawkesford war von 1896 bis 1928 Pfarrer in Rodmell.

## Das neue Kleid (The New Dress)

*Deutsch von Brigitte Walitzek*

Die Erzählung ist vermutlich im Frühjahr 1925 geschrieben. Virginia Woolf führte sie auf in den ›Notes for Stories‹, die sie am 6. und 14. März 1925 machte. Die Geschichte scheint ihr auch im Kopf gewesen zu sein, als sie am 27. April 1925 im Tagebuch notierte: »Aber meine augenblickliche Überlegung ist, daß die Menschen eine Vielzahl von Bewußtseinsstadien haben: & ich würde gerne das Abendgesellschafts-Bewußtsein untersuchen, das Kleid-Bewußtsein &c.« Am 5. Juli 1925 berichtete sie H. G. Leach, dem Herausgeber des *Forum*

(New York), daß sie diese Erzählung gerade fertigschreibe. Im Mai 1927 wurde sie in *Forum* veröffentlicht. Wiederabgedruckt in HH\* und in *Mrs Dalloway's Party* (1973). Unser Text folgt dem Erstdruck in *Forum*.

1 Dies ist vermutlich eine Anspielung auf Anton Tschechows kleinen Roman *Das Duell* »... es schien ihr [Nadežda Fëdorovna], sie gerate wie eine Fliege bald in die Tinte, bald krieche sie wieder heraus ans Licht.« (*Eine langweilige Geschichte. Das Duell. Kleine Romane I*, aus dem Russischen von Ada Knipper und Gerhard Dick, hrsg. v. Peter Urban, Zürich 1976, S. 171) Mabel könnte aber auch Katherine Mansfields Kurzgeschichte ›The Fly‹ (1922) im Kopf gehabt haben.

2 Siehe Anton Tschechow, *Das Duell:* »... um sein [Laevskij's] schmähliches Parasitendasein vor ihnen und vor sich selbst zu rechtfertigen, bemühte er sich, immer eine Miene aufzusetzen, als stehe er höher und sei besser als sie. Lüge, Lüge, Lüge ...« (A. a. O., S. 192)

3 Boadicea war die wilde Königin eines alten Britannierstammes, die eine Revolte gegen die Römer anführte, geschlagen wurde und sich das Leben nahm.


## Die Dame im Spiegel: Eine Reflexion (The Lady in the Looking-Glass: A Reflection)

*Deutsch von Brigitte Walitzek*

Die Erzählung geht zurück auf einen Besuch bei Ethel Sands in der Normandie. Am 20. September 1927 notierte Virginia Woolf in ihrem Tagebuch: »Wie viele kleine Geschichten kommen mir in den Kopf! Zum Beispiel: Ethel Sands, die ihre Briefe nicht ansieht. Was das bedeutet. Man könnte ein Buch mit kurzen, in sich abgeschlossenen, unverbundenen Szenen schreiben. Sie öffnete ihre Briefe nicht.«

Es existieren zwei Typoskripte. Das erste ist datiert. 28. Mai 1929; das zweite ist undatiert.

Veröffentlichungen in *Harper's Magazine* (London), Dezember 1929, und in *Harper's Bazaar* (New York), Januar 1930. Nachgedruckt in HH\*. Unser Text geht auf die Fassung in *Harper's Magazine* zurück.

## Lappin und Lapinova

*Deutsch von Claudia Wenner*

Nach einiger Erinnerung wurde die Erzählung um 1918, »vielleicht als ich Night & Day schrieb«, entworfen. Im Herbst und Winter 1938 für *Harper's Bazaar* neu geschrieben bzw. überarbeitet. Im Tagebuch heißt es: »... oh wie lästig, aus Geldgründen eine Geschichte ausfeilen zu müssen!« (*Diary* V, 189) Am 19. Dezember wird die Erzählung als beendet im Tagebuch angeführt. Im April 1939 in *Harper's Bazaar* (London und New York) erschienen. Aufgenommen in HH\*. Unserem Text liegt die Fassung in *Harper's Bazaar* zugrunde.

\* HH = A Haunted House and Other Short Stories, 1943 (= 1944). Diese Sammlung erschien 1965 u. d. T. *Die Erzählungen* im S. Fischer Verlag, übersetzt von Herberth und Marlys Herlitschka.